Rivière

Rivière

Lucien Suel

ÉDITIONS
COURS TOUJOURS

À

Léo
Violette
Félix
Nara
Jean
Madeleine
André
Solal

Elles furent nos premières voies
Elles furent nos premières portes
Les rivières sont nos mères, en quelque sorte
On les oublie, on les efface, on les enterre, on les encrasse
Mais elles vont depuis des siècles, rien ne les freine, nul ne les lasse

Thomas Suel,
Sol et Low

Le long des sillons, les laboureurs marchent dans l'espace.
Pourquoi avons-nous cessé de nous étonner ?
Pourquoi leurs pas ont-ils cessé de nous paraître glorieux ?
Dans leur sommeil, les moissonneurs harassés
diluent leurs jambes en feu dans les eaux peu profondes
des étangs faucardés et des rivières guéables. Les aviateurs, eux,
survolent les océans et rêvent de plonger dans les immensités.
Mais la même eau se répand dans les ruisselets
et dans les mers. Sur terre ou sur lune, d'en haut,
d'en bas ou de guingois, le même ciel baigne les laboureurs
et les cosmonautes.

Jean Rivière,
La Vie simple

Cette vie qui est la tienne n'est pas une image du monde.
Elle est le monde lui-même et elle n'est pas faite
d'ossements ou de songes ou de temps mais d'adoration.

Cormac McCarthy,
Des villes dans la plaine

Rivière, nom commun du genre féminin. C'est aussi le nom propre et patronymique d'un assassin, d'un coureur cycliste, d'un écrivain et d'un grand nombre d'êtres humains parmi lesquels figure Jean-Baptiste Rivière qui n'a encore tué personne et préfère la marche au vélo, la lenteur à la rapidité. Il aurait pu être écrivain, mais il ne rédige que des listes de choses à faire, des cartes postales, des mails et quelques tweets.

Ce matin, il s'éveille en érection, heureux de constater que le phénomène de l'obsolescence programmée ne l'atteint pas encore. Il pense à Claire, qui, depuis le 23 octobre 2001, est partie. Ailleurs. Dans la béatitude des moissons du ciel, pourquoi pas ? Malgré le chagrin, il sent la douceur de sa main caressante. Mais le soufflé retombe en même temps que le radio-réveil dévide la triste litanie des informations quotidiennes.

L'afflux de sang dans les cavernes lui évoque le stylo-plume à réservoir de sa jeunesse. Il aimerait que l'ordinateur puisse servir à autre chose qu'à lire le courrier, visiter les blogs, les sites, et suivre le fil d'actualité. Aujourd'hui pourrait être un bon jour pour devenir écrivain, mais il n'aura jamais qu'un seul lecteur dont il aperçoit le regard et les rides dans la bakélite noire qui entoure l'écran. Alors, à quoi bon ? Il ne changera pas de statut ; plutôt consommateur que producteur.

« L'eau, c'est la vie. La terre, c'est la mort. » Le type invité pour la Fête du Livre a craché ça hier soir dans le micro. Lui, c'est un auteur certifié, avec le costard, le Montblanc, le pedigree, la bibliographie, la page Wikipédia. Il n'a peut-être jamais vu une source ou un puits artésien et il ne doit pas manger de pommes de terre avec sa sole meunière ou sa truite au bleu. Jean-Baptiste est sorti accablé de l'auditorium.

Après la consultation rituelle de ses mails et de ses comptes – bancaire et twitter –, il referme l'ordinateur portable, échange ses pantoufles pour des chaussures à lacets. Il faut qu'il passe à la médiathèque renouveler son abonnement.

La nouvelle préposée demande s'il est parent avec Marie Rivière, l'actrice. Il bredouille, comme chaque fois qu'on lui pose une question inattendue. Il n'a pas le sens de la répartie et comme il n'aime pas mentir, il se retient de répondre : « C'est ma petite sœur ! Vous voulez que je vous procure un autographe ? » Il se souvient l'avoir vue dans *Le Rayon vert* de Rohmer, mais il n'en sait pas plus. Il a entendu parler d'une autre Marie qui n'a pas d'accent grave et à qui il manque une lettre ; Marie Rivier, religieuse béatifiée, née en Ardèche, à Montpezat-sous-Bauzon.

L'Ardèche, modeste rivière, et pour lui le début d'une longue histoire qui commence par le mariage avec Claire, en 1970, l'année de la sortie du troisième album de Soft Machine, cadeau de noces offert par Yves, le frère de Claire.

C'est l'été, ils roulent des heures et des heures dans une 2CV grise estampillée « Just married », traversant la France, du Nord au Midi, sans trompette guerrière, sur des routes nationales à deux ou trois voies. Ils montent le col de la Chavade en première, franchissent la ligne de partage des eaux, à la source de l'Ardèche, puis Aubenas, Joyeuse, les premières cigales, les montagnes bleues, et pour terminer, remontent la vallée de la Drobie jusqu'à Sablières, coupant le moteur devant la maison de Paul et Brigitte, toit de lauzes et murs de château fort.

Le copain Paul est un Gargantua barbu aux éclats de rire à provoquer des chutes de pierres, Brigitte, une nymphe blonde en débardeur et short effrangé. Claire, c'est parlez-moi d'amour dans les yeux quand ils se plongent dans ceux de son Jean-Baptiste ravi rêveur révolté. Longues soirées sous la Voie lactée, grillades, crudités méridionales, pastis parfumé de contrebande, vin du pays, marc de raisin maison. L'hygiénisme radical n'a pas étendu son emprise sur la contrée. En dépit de son prénom, Jean-Baptiste n'est pas un grand consommateur d'eau. Douce ivresse. Plus tard, pendant qu'il blowine Dylan dans l'harmonica, une main se glisse entre la peau et l'étoffe. Les nuits sont tièdes et la sueur perle.

Le jour, ils se baignent nus dans la rivière. Amour dans les vignes. Justin, le paysan voisin, partage son litre de vin rouge. Entre deux verres de piquette, il leur apprend l'existence d'une Société des z-Épis, là-haut sur le plateau, du côté des Vans. Une traduction raisonnée les éclaire : les z-Hippies sont arrivés. La contre-culture a rejoint le plateau. Lozère nouvelle. Utopies. Projets fous. Ils sont heureux, n'imaginent pas un instant qu'ils pourraient être déçus, épuisés, trompés.

Assis à la table de la cuisine, le gamin étale, range et retourne ses images cartonnées sur le plateau en fibrociment moucheté vert et blanc. Il connaît leurs noms : Jean Stablinski, Louison Bobet, Roger Walkowiak – c'est lui qui va gagner –, André Darrigade, Charly Gaul, Gastone Nencini, Federico Bahamontès, Jacques Anquetil, Jan Janssen et son préféré, Roger Rivière, avec son maillot arc-en-ciel. Un champion du monde qui s'appelle comme lui, là, sous ses yeux, posé sur la table, dans son village perdu ! Jean-Baptiste rêvasse. Il n'a même pas encore son premier vélo. Il écoute les résultats, l'arrivée des étapes du Tour à la radio. L'enfant ne voit le monde qu'à travers les illustrations de son livre de géographie, la plaine de la Beauce, les sommets des Alpes, les torrents, les fleuves, les barrages, les gratte-ciels. Et surtout, il lit, avalant le contenu des livres et des journaux qui lui tombent sous les yeux.

Pendant longtemps, il lira et relira les pages du *Larousse illustré*, seul ouvrage présent dans la maison. Mais il peut en emprunter à l'école des garçons. En fin d'après-midi, le samedi, le maître extrait d'une armoire vitrée des piles de livres recouverts de papier kraft bleu, rouge ou marron clair. Assis au bureau installé sur l'estrade, il énumère les titres. Les doigts se lèvent. Si plusieurs garçons veulent le même livre, c'est le classement mensuel qui les départage. Jean-Baptiste lit Alexandre Dumas et Jules Verne, Fenimore Cooper et Robert Stevenson, James-Oliver Curwoood et Karl May. Pas de médiathèque à l'époque, mais dans le quartier, Mme Verhaeghe tient bibliothèque publique en son salon. Le jeudi après-midi, elle sort les livres des cartons et les étale sur la table et sur toutes les chaises. Jean-Baptiste revient à la maison avec Biggles, Bob Morane et Buck Danny dans le sac à provisions. Les livres sont pour lui aussi importants que le pain, la bière, les frites et le bifteck. Encore aujourd'hui. Et pour Claire, c'était la même chose.

Au fil de la nuit, la sueur a coulé en ruisselets sur sa poitrine, sa gorge, dans son dos, flaque du haut en bas de son corps. Il baigne, pyjama et draps trempés, se déplace dans le lit – grand dans sa solitude –, trouve une place sèche où se rendormir, fredonnant pour se bercer « Dans le mitan du lit, la rivière est profonde », finissant par basculer dans le sommeil, noyé dans un fleuve sacré, Gange ou Jourdain. Puis il voit Mao traverser les flots de sang du Yang-Tseu-Kiang à la nage. Ensuite, il ouvre les yeux au jour nouveau.

Il parcourt les journaux sur internet. Femmes yézidies, lycéennes nigérianes, ouvriers coptes, martyrisés par des fanatiques se réclamant de l'Islam, misérables Érythréens fuyant les persécutions du pouvoir, noyés au large de la Sicile, exposés dans un hangar de Lampedusa, bouches ouvertes pour une dernière goulée d'oxygène. Jean-Baptiste pense à la terreur, aux noyés de la Loire, à ceux du *Titanic*, du *Lusitania*, du *Herald of Free Enterprise* à Zeebrugge. Il se souvient de sa propre peur, en 2009, dans une bâche de la côte d'Opale quand, pris dans le courant de la marée descendante, il manquait de force pour nager vers la rive.

Il se rappelle la main de celui qui l'a saisi, ramené sur le bord, la force de ce lien, signe visible de fraternité. « Vous savez, c'est un champion de natation ! Il fait partie d'une équipe. » La femme de son sauveur a prononcé cette phrase. Jean-Baptiste s'est confondu en remerciements avant d'aller rejoindre sa serviette et ses sandales près des chars à voile. Il s'est assis, seul et silencieux au milieu des familles bruyantes. Il ne connaît pas le nom de cet homme. Il a oublié son visage, mais pas la sensation de sa main dans la sienne. Ne l'oubliera jamais. Ni le jour ni l'heure. 23 août, 6 h du soir. Tout ce temps gagné sur le destin, il le savoure. Le lendemain, il a de nouveau pensé à ce secret qui s'amplifie dans sa tête et qu'il appelle le «retrait.» Loin des rumeurs et des idéologies, portant toute son attention au monde. Intérieur et extérieur. Comme un «Pauvre Martin» creusant la terre, creusant le champ, creusant le temps.

Jean-Baptiste, Jean le Baptiste, prophète. Est-ce son père qui a choisi ce prénom ? Ou sa mère ? Il ne sait pas. Personne ne l'a éclairé. Plus tard, il a saisi l'humour d'un tel choix. Jean-Baptiste les pieds dans l'eau. Le Précurseur. Yahyâ al-'úrdunn, s'il était arabe ! Yo'hanan HaMatebil Yarden – ainsi nommé le Jourdain –, s'il était juif. Le Bourgeois gentilhomme était monsieur Rivière sans le savoir.

Mots-clés : *father, mother, river Jordan.* Il se surprend à visionner Johnny Cash sur Youtube. « Wayfaring Stranger », cœur serré, regard larmoyant, *« Je ne suis rien qu'un pauvre étranger en voyage, je vais traverser le Jourdain pour voir mon père, je vais traverser le Jourdain pour voir ma mère. Elle m'a dit qu'elle viendrait à ma rencontre le moment venu… »* Il sent une autre main, celle de Claire qui prend la sienne au-dessus de la table de la cuisine pendant le repas. Il lui dit qu'il faudra passer ce CD le jour de ses funérailles.

Mais c'est elle qui est partie avant.

Je suis morte. Je suis présence absente, âme flottante, ange clair-obscur, ectoplasme transparent, brouillard effiloché dans les limbes lointains. Aucune matière, ni mouvement, ni topographie. Sans transition, passée des derniers spasmes de l'agonie à la mort vivante. Ma main droite empêtrée dans la perfusion lisse le drap du lit. La rivière est profonde. Mon histoire est bornée, mise entre parenthèses, 17 mars 1952 - 23 octobre 2001. Je ne sais pas où je suis. Esprit en extension, traînée de neurones dans l'espace. J'essaie de me représenter, gonflée de souvenirs, lestée de souffrance, noyée d'amour. Je n'ai plus de corps, plus de sensations, seulement des mots, des sentiments, des souvenirs, des visions fuligineuses. C'est un arrachement. Jean-Baptiste, je veux te parler, te dire je t'aime, toujours, maintenant, jamais. Te montrer des images d'avant ma mort. Je lève les bras pour remettre en place une épingle à cheveux, J'épluche une pomme, je bois du lait chaud. Je choisis une jupe dans la garde-robe. Je creuse encore la terre avec toi. Nous bâtissons, nous plantons. Tu dis que je suis belle. Clairière, claire et rivière. Tu regardes l'infirmier débrancher la pompe à morphine. Tu caresses ma joue froide, poses tes lèvres sur ma bouche fermée. Je suis morte depuis quelques minutes, depuis cent ans.

Plusieurs écrivains se nomment Rivière. Le plus connu est sans doute Jacques Rivière, secrétaire de la NRF, ami d'Alain-Fournier dont il épousa la sœur Isabelle. Mais ce n'est pas à lui que Jean-Baptiste pense, même si, adolescent, la lecture du *Grand Meaulnes* l'a captivé. Il laisse Jacques et choisit Jean Rivière, écrivain-paysan, auteur de *La Vie simple*, un ouvrage édité par Robert Morel en 1969. C'est au cours d'une de ses visites à Emmaüs qu'il en a découvert un exemplaire. Jean-Baptiste aurait voulu avoir écrit ce livre. Il aurait aussi aimé le lire avec Claire au moment de sa parution, quand ils envisageaient de vivre simplement du travail de leurs mains dans la terre d'Ardèche ou d'ailleurs.

Les papillons de nuit dansent autour de la lampe allumée dans la cour. Non seulement ils risquent de se brûler les ailes, mais ils ne savent pas qu'à tout moment, la lumière peut leur être supprimée. Jean-Baptiste imagine leur désarroi, la danse interrompue, la dispersion. Comment vivre encore quand les clartés de l'amour, de la connaissance, de la foi et de la raison s'éteignent brutalement, quand ce qui faisait le sel de la vie disparaît? Plusieurs fois déjà, on lui a coupé le courant. La première fois, adolescent, il a pleuré quand il a compris que l'Absolu était relatif, inatteignable. Ensuite, militant pour un monde « meilleur », constatant qu'une grande partie de l'entourage intellectuel se préoccupait essentiellement d'accéder au pouvoir et à ses privilèges. Et pour couronner l'ensemble, au sortir des années soixante-dix, le cynisme assumé des économistes et du monde politique. Tout cela débouchant, en fin de compte, en fin de parcours, sur la dégénérescence de la démocratie et le passage des « lumières » au nihilisme. Heureusement, il y avait Claire. Il y avait...

Des silhouettes dangereuses me frôlent, glissent dans mon sillage. Mes yeux sont clos pourtant je vois avec je ne sais quoi. Je suis aveugle dans la lumière, à l'est d'Éden, au Midi à minuit, dans toutes les directions du cosmos visible, du cosmos invisible. Je n'ai pas de masse mais j'ose dire, j'ose penser que mon cœur est lourd, que mon ventre est rond, que mon sexe est humide. Je suis morte et je m'appelle Claire Rivière. Je vois mon amour il avance penché vers la terre. Je te vois Jean-Baptiste marchant sous la lune, t'arrêtant pour scruter une flaque d'eau qui brille dans la nuit, puis lever les yeux vers la Grande Ourse. Tu formes mon nom sur tes lèvres. C'est une prière qui se mêle au brouillard des prairies gorgées d'eau. Je flotte dans une éternité indicible. Je suis partie, je suis loin. Une pulsation dans l'espace-temps. Je garde l'empreinte de tes mains, de tes doigts, de ta langue et de ton sexe en moi. Je te chevauche dans le noir. Je ruisselle et gémis. Tu danses devant les éclairs de l'orage. Je lèche ta blessure, ton cœur déchiré, je partage le fardeau de ton chagrin. Nous nageons ensemble dans les algues molles mais ce n'est pas *Le Monde du Fleuve*. Quel que soit l'endroit, le non-lieu où je suis, je n'y vois pas les personnages

de Philip José Farmer, je n'y vois pas
les androïdes de Philip K. Dick,
ni les créatures de Jack Vance. Pourtant,
constamment dans mes oreilles, j'ai
l'impression d'un bruissement d'ailes,
un kaléidoscope de voyelles colorées,
un murmure de photons. Comme dans notre
monde d'avant quand, lisant le soir dans
la maison, rideaux tirés, le silence
n'était rompu que lorsque l'un de nous
tournait la page.

Au cours de son existence, et particulièrement dans son enfance, Jean-Baptiste Rivière a tué, voire massacré, de nombreux animaux, mouches, guêpes, frelons, moustiques, araignées, limaces, escargots, chenilles et larves diverses, papillons piérides du chou, grenouilles, lapins – domestiques et de garenne –, canards, poules et poulets, un pigeon, deux chats malades, chiots et chatons, divers poissons de rivière – de l'épinoche à la truite –, écrevisses, coques, moules, huîtres.

Tous ces animaux sont morts de multiples manières, écrabouillés, carbonisés, empoisonnés, noyés, asphyxiés, éventrés, tailladés, déchiquetés, égorgés, pendus, décapités, enterrés, étouffés, étranglés, ébouillantés, avalés vifs. Adulte, il a même été complice dans l'assassinat brutal de deux porcs en pleine santé, les ayant anesthésiés d'un coup de masse avant que le tueur professionnel ne leur tranche la gorge.

Jusqu'à présent, il n'a jamais été pris dans une bagarre de voyous, il a toujours réussi à y échapper, soit en se tenant à l'écart, soit en utilisant les ressources de sa langue, soit en courant très vite. En revanche, une fois, dans son enfance, il a été méchamment violent avec un autre écolier ; après la classe, sur le chemin du retour, dans le groupe du même quartier, ce garçon l'a insulté, criant : « Sale rouquin, tu pues ! » Jean-Baptiste a foncé sur lui, l'a saisi et claqué à terre. Il a même pensé lui balancer son cartable dans la rivière, mais il s'est calmé. Rentré à la maison, il a fait ses devoirs sans rien dire à ses parents. Mal à l'aise d'avoir agi avec brutalité, se promettant de ne plus recommencer.

En 1964, *Una lacrima sul viso*, chanson de Bobby Solo, devient un succès mondial. Posé dans l'herbe verte, le transistor jaune et orange la diffuse dans la lumière d'août, suivie des Beatles, *I Want To Hold Your Hand*, d'Eddy Mitchell, *Toujours un coin qui me rappelle* et de Françoise Hardy, *Le Temps de l'amour*.

La langue d'une fille s'enroule pour la première fois à la sienne. Cela arrive au bord de l'eau, sous les arbres, dans l'ombre et la fraîcheur, debout sur une grosse pierre. Enlacés, collés, embrassés, un baiser de rêve qui dure, dure. Et qui se renouvellera de nombreuses fois le doux été de ses seize ans. Radieux, il demeure dans le contentement secret, se répète le nom de la rivière, Argentor, Argentor. Précieux souvenir. Innocent baptême d'amour avec Marylène.

Salut les copains ! En octobre, il retourne dans sa pension au lycée. Il confie son secret à Paul qui, en retour, lui raconte, avec emphase et de façon détaillée, ses exploits sexuels avec de multiples conquêtes. Cette année-là, Jean-Baptiste et Marylène échangent une dizaine de lettres scellées dans des enveloppes bleues ou roses. Elle habite Rouen. C'est bien loin et leurs familles respectives ne les emmèneront plus au bord de l'Argentor. Ils ne se reverront jamais. Ensuite, d'autres bouches s'entrouvrent pour Jean-Baptiste. La magie de la première fois s'estompe. Jusqu'à un autre mois d'août, quatre ans plus tard, la rencontre avec Claire.

Je remonte le courant, le fil de l'eau et le fil du temps, comme une truite saumonée dans les rivières de montagne. L'eau glaciale du Styx nous tombe sur la tête, nous coupe les jambes et la respiration. Tu me lis encore une fois la légende d'Eurydice et Orphée. Les ai-je rejoints en mourant au troisième étage de cette clinique ? Oh, Jean-Baptiste, tous les jours, j'attends, j'entends ton pas, ton souffle dans le couloir. Tu me donnes la becquée, tu m'essuies la bouche. Seuls mes yeux te parlent encore et tu me réponds en caressant la peau de mon bras, entre les tuyaux des perfusions et les cathéters. Encore maintenant, je le sais, je le sens, tu évites de penser à ces moments. Tu maintiens un couvercle hermétique sur le jour des dernières fois. Tu ne veux pas que la vague de douleur te submerge à nouveau. Quand le soir tombe, en même temps que la serrure de la porte d'entrée, tu essaies de fermer ton esprit. Je vois la digue qui te sépare du flot, qui te protège de la folie. Pour résister au courant, tu ouvres un livre ou regardes un film. Tu as de nouvelles rides et un pli à la commissure des lèvres. Tu te fatigues vite. Peut-être même as-tu pris un peu de ventre, des nouvelles poignées d'amour. Personne n'y peut rien. Depuis que je suis séparée de mon corps, je ne sais plus exercer ma volonté. Je n'ose même pas dire, penser, que je veille sur toi.

Jean-Baptiste Rivière est une sorte de bouseux psychédélique. Il préfère l'odeur du fumier à celle des gaz d'échappement. Avec Claire, ils aimeraient vivre ensemble dans la nature, loin des centres urbains. C'est tellement agréable l'été au fond de la vallée de la Drobie. La rivière, les baignades, les truites qu'ils pêchent à la main dans les trous d'eau, les girolles, étoiles orangées dans les herbes, l'ombre des grands châtaigniers, les orages éblouissants qui déchirent le ciel nocturne, l'amour à toute heure.

Le jeune homme se documente, pose des questions. Il lit les ouvrages de Lanza del Vasto et compulse dans tous les sens un vieux manuel de sciences appliquées pour le Certificat de fin d'études rurales. Cela va de l'irrigation au travail du bois, du jardin potager à l'alimentation des animaux. Il projette de quitter son emploi de bureaucrate intérimaire pour devenir potier, tisserand, vigneron. Rêveries ? Sans doute !

Aujourd'hui, plusieurs dizaines d'années plus tard, il mène dans le village une vie différente de ses rêves adolescents mais fidèle à ses idéaux, maximum d'autonomie, sobriété et frugalité. Vie proche de la ruralité, un peu de jardinage, beaucoup de lecture, et ces deux outils modernes que sont la connexion internet et la carte bancaire. La vie simple à sa façon. Il la partage dans sa tête avec sa belle en allée. Quasiment incapable de les revivre ou de s'attarder sur les circonstances de la disparition de Claire, il a seulement installé sa photo en fond d'écran. Tous les matins, il prend son petit déjeuner en face d'elle, soleil levant à contre-jour. Une photo de son quarantième anniversaire, dans sa beauté plénière, forme et sourire. Ensuite, le tour quotidien du jardin, avec le chien, qu'elle n'a pas connu. Parfois, le soir, il lui parle d'elle.

« Tu sais, Alpha, peut-être qu'elle n'est pas morte, peut-être que la vraie mort, ça n'existe pas. C'est la vie qui existe, et l'amour. On s'aimait tellement, on s'aime tellement que ça nous use, qu'à force d'aimer, la vie nous use. Claire, elle s'est fatiguée à m'aimer, à aimer le monde. » Alpha pose la tête sur les genoux de son maître qui écoute les bruits du temps. Un oiseau de nuit pousse un cri. Il vaut mieux aller se coucher.

Sensation étrange, pas désagréable, le lit tangue d'un bord sur l'autre. Les yeux fermés, c'est la chambre qui tourne, le plafond, le sol, les murs. Panique à bord, impossible d'arrêter la machine, ça tourne très vite et s'il ouvre les yeux dans le noir, ça continue. Le jeune Rivière ne maîtrise plus la barre. L'impression d'être emporté dans le maelstrom de Jules Verne. C'est la première fois qu'il est ivre à ce point. Il voit les mêmes petites étoiles que celles tournant au sommet de la tête du capitaine Haddock.

Voilà ce qui arrive aux copains qui se rassemblent dans un bar pour bavarder, buvant des demis et glissant des pièces dans le juke-box pour écouter les derniers 45 tours des groupes anglais. Les choses dégénèrent quand Paul propose une partie de 7-14-21. Chacun son tour, on lance les trois dés en comptant les as. Celui qui sort le septième commande une boisson, le quatorzième la boit et le vingt-et-unième la paie. Le patron tient les comptes et sert les consommations. Un demi, un cognac, un lait-fraise, un martini, un grand rouge, un pastis, un chocolat chaud, une Suze, une Izarra verte, une Pelforth… Les dés roulent, la chance tourne, et la tête aussi. Ce jour-là, Jean-Baptiste gagne et boit comme un trou, passant d'un demi glacé à un Cointreau, suivi par un ou plusieurs gin-fizz, une vodka et du vin blanc moelleux en fin de partie. Ensuite, il traverse l'air frais de la nuit et réussit à rejoindre sa chambre en ville, montant l'escalier sans trop de dommages. Au bout du compte, pour arrêter le manège qui l'emporte, il doit se lever et, penché sur la cuvette, régurgiter le mélange infâme qui clapote dans son estomac. Après quoi, il s'endort en prenant la résolution de ne plus se laisser entraîner aux jeux et consommations de hasard. Plus tard, il admettra la véracité de l'expression « Serment d'ivrogne » !

Jean-Baptiste a l'habitude de ramasser le bois mort dans les bosquets qui bordent le ruisseau. Il met à part les branches trop grosses qu'il ne peut pas briser à la force du poignet, ni même avec les mains en appui sur le genou ou avec le pied sur une souche. Il se rappelle les cours de physique, les vecteurs de force, le principe du levier. Il soulève parfois un morceau du monde. Depuis 1970, les ormes meurent lentement, leur écorce se couvre de moisissures ; à certains endroits, elle s'enroule sur elle-même et finit par disparaître, laissant le tronc dénudé, marqué par les graphismes du champignon prédateur, à la merci des insectes et des becs d'oiseau.

La brouette appuyée contre un arbre lui sert de chevalet pour scier les branches plus épaisses. Attentif au bruit de la scie, à l'odeur de la sciure, à la caresse du vent dans ce qui lui reste de cheveux, Jean-Baptiste perçoit le murmure de la rivière, le tapotement binaire d'un pic invisible perché dans les ramures d'un bouquet de frênes. Pendant qu'il travaille, des images lui passent dans les yeux, souvenirs des festivals, des concerts en compagnie de Claire : le ventripotent Sun Ra pilotant gravement son synthétiseur au milieu de son Arkestra, Robert Wyatt – lune de juin – chuchotant des paroles pataphysiques dans une chambre d'échos, Deep Purple au royaume du speed dans la chaudière du Piblokto à Dourges entre Hénin-Liétard et Carvin, au cœur du bassin minier encore en activité. Mentalement, le bûcheron nostalgique compose un tweet minimaliste.

Le bois transporté et rangé, Jean-Baptiste se connecte au monde extérieur, pour envoyer quelques mots dans l'espace via le compte Rivière JB @R _ JB _ 07. Alpha, comme d'habitude, a posé le museau sur sa cuisse et le regarde pianoter son texte : *Noise Music dans les bois mais le silence est aussi un rythme.*

Quelques heures plus tard, un petit cœur apparaît sous son tweet, bientôt suivi par la mention d'une réponse, un message de D4rkD4d4 @hijack.nada : G*ibet t'es trop malin toi tu vois des Arctic Monkeys dans les arbres MDR*. Un sourire éclaire le visage fatigué de Jean-Baptiste. Il a souvent l'impression, quand il poste un message, que ses mots tombent dans un trou sans fond, se perdent dans les nœuds du réseau, sans écho, sans toucher qui que ce soit. Il clique sur D4rkD4d4. L'avatar du twitto est un drapeau pirate dont la tête de mort est également souriante. Gibet ! Il est vrai qu'un autre Jean-Baptiste eut la tête coupée !

Dans sa pratique du réseau, Jean-Baptiste évite de rendre publics des détails d'ordre personnel. Il tweete de façon parcimonieuse, une centaine de messages depuis qu'il a ouvert son compte. Espèces de haïkus tirés de sa vie quotidienne ou remarques sur des faits de nature observés dans le jardin. Il s'est installé dans ce village pour être invisible, et de la même façon, il ne tient pas à devenir « populaire » sur le web. Il pratique aussi le réseau social pour être informé sur la réalité autrement que par les organes officiels et il garde ouverte la possibilité d'une rencontre. Même avec un – sans doute jeune – dadaïste sombre pirate anarchiste comme semblent l'indiquer pseudonyme, avatar et signature de ce correspondant.

Jean-Baptiste prend une douche rapide, se change. Il sort la voiture du garage et file à la médiathèque de Torcy, la ville voisine, 15 kilomètres, 8000 habitants. Il restitue ce qu'il a emprunté, récupère les livres qu'il a réservés sur le catalogue en ligne, fait un détour par les bacs de CD, et au hasard, saisit un Marylin Manson et un Cannibal Corpse. Il écoutera tout ça sur sa chaîne stéréo plutôt que sur le net ; son côté archaïque.

Il ne les retire pas souvent de leur pochette, mais il a conservé de ses années de jeunesse et de sa vie avec Claire une vingtaine de vinyles, quelques curiosités, et principalement du rock et du jazz, Beatles, Stones, Coltrane, Monk, Soft Machine, Dylan… Il fredonne *It Ain't Me Babe*. Il connaît les paroles depuis l'époque où, amoureux, il hésitait à s'engager pour la vie. « Tu dis que tu cherches quelqu'un qui ne soit jamais faible mais toujours fort, quelqu'un qui te protège et te défende, que tu aies tort ou raison, quelqu'un qui t'ouvre toutes les portes, mais ce n'est pas moi, chérie, non non non, ce n'est pas moi que tu cherches. »

En fin de compte, c'était lui. C'était elle.

Je marche entre deux eaux, entre ciel et terre. Suis-je le rêve de quelqu'un, d'un créateur, un dieu venu du Centaure comme dans ce roman que suivant ton conseil, je lis dans le salon ? Je frissonne. Je me sens hors de la réalité. C'est normal. Je suis morte en octobre. Le dernier automne de la vie. Je ne vois plus les rives. Peut-être suis-je perdue dans les sables du temps, la vase onctueuse de la mémoire ? Rêveuse ignorante. Je quitte mon lit au milieu de la nuit. Je déborde. On se tend la main. Je sais que tu portes encore ton alliance, celle que je te passe au doigt en 1970. La mienne est dans un tiroir de ton bureau, au fond d'une petite boîte blanche. Les deux maillons de notre chaîne. Tu plaisantes en passant devant la vitrine des pompes funèbres Caron. C'est Monsieur Caron qui nous conduit de l'autre côté du fleuve. Je suis seule dans ma boîte en bois à l'avant du bateau. Tu es près de moi, et derrière, c'est la famille, mon frère, ta sœur et son mari, et monsieur et madame Roche, les voisins. À l'arrière, Caron le nocher propulse la barque avec une pigouille, souvenir de nos vacances dans le Marais poitevin. On dépose mon cercueil sur le sol marécageux, sur les feuilles tombées des peupliers. Le passeur ramène ensuite les proches de la défunte sur l'autre rive. Je reste seule dans la terre noire.

À intervalles réguliers, Alpha jaillit des buissons comme une comète folle. Assis sur le banc de bois, Jean-Baptiste l'encourage de la voix. Et l'animal repart pour un nouveau tour du jardin, courant et bondissant au milieu des feuilles mortes. Dépense d'énergie pure. Après plusieurs galopades effrénées, le chien vient se vautrer aux pieds de son maître, haletant, langue pendante.

La main de l'homme se pose sur le crâne d'Alpha, dans la chaleur de ses poils. Tout en parlant, Jean-Baptiste regarde défiler dans le ciel d'automne une caravane de nuages poussée par un fort vent d'ouest. « Ah, mon chien, tu ne connais pas le nom de ces grosses balles blanches et grises, tu ne sais pas qu'elles sont pleines de vapeur d'eau et que tu pourrais t'y rafraîchir après avoir tant couru. » Réagissant à la voix humaine, Alpha se redresse, balance vivement la queue et fourre de nouveau sa tête sous la main amicale. Un vieil air se fraie un chemin dans les souvenirs de Jean-Baptiste, une chanson de la Grande Guerre :

« Un jeune enfant qui n'avait plus de mère
Obtint en classe une belle croix d'honneur
Or, le même jour, on décorait son père
Un courageux et vaillant aviateur... »

Chaque fois que sa mère la chante, le petit Jean-Baptiste appréhende la fin de la chanson qui lui amène les larmes aux yeux. Aujourd'hui, la voix tremblante, il essaie de chanter le dernier refrain pour son chien, pour l'enfant qu'il fut ; et pour sa mère et sa femme, oui, pour maman et pour Claire :

« Petit père est dans les nuages
Tout là-haut, là-haut dans les cieux,
Sans doute qu'il était bien sage,
On l'a gardé près du bon Dieu. »

Les bulles de la pensée, les mots évanouis dans le temps se condensent dans ces nuages qui font en même temps le tour de la Terre et du Soleil. D'autres paroles, transformées en bits électroniques, sont stockées dans le cloud du fournisseur d'accès internet. La rêverie de Jean-Baptiste s'achève dans cette conclusion : pas de dialogue possible entre la mémoire de Claire et les tweets échangés via D4rkD4d4 ; à moins de considérer que tous ces événements soient rassemblés dans un amas de cellules nerveuses, un vivant nuage de mots.

Jean-Baptiste se lève, avance vers la maison. Alpha le précède, puis l'attend. Jean-Baptiste lui donne une dernière caresse en ouvrant la porte. « Tu es le seul à qui je parle d'elle ! »

Tout en préparant son repas et celui du chien, l'homme fredonne à bouche fermée l'air de l'aviateur, le père héroïque, veuf, bientôt mort pour la patrie ; le fils, orphelin solitaire, futur pupille de la nation à la fin de la chanson. Une époque lointaine, une façon différente d'exprimer l'émotion. Mais l'arrachement est de même nature.

Avant que Claire ne se désincarne, comme disent les spirites, ils vivent plusieurs fois les affres des fausses couches, les attentes incertaines, les promesses non tenues, et finalement, ils envisagent l'adoption. Après maints entretiens, questionnaires et examens, ils reçoivent l'agrément de la Direction départementale des affaires sanitaires et sociales. Épuisés par les démarches, ils laissent passer une année avant de prendre contact avec La Croix-Rouge et France Terre d'Asile en vue d'obtenir sinon l'adoption, du moins le parrainage d'un enfant réfugié. Cela ne se fera malheureusement pas.

La maladie, foudroyante et massive, terrasse Claire dans sa plénitude. La souffrance s'ajoute à la souffrance. Infiniment. Jean-Baptiste sait que Claire est là, debout au seuil de sa conscience, même dans son sommeil, même lorsqu'il sourit devant les attitudes d'Alpha, animal de compagnie, grosse peluche vivante et douce, dont le regard reflète la mélancolie de son maître.

Denis Caron est un bonhomme sanguin, rond et direct. Il manie la pelle et la pioche mais sait aussi, en costume sombre et chemise blanche, présenter le corps à la famille ainsi que le goupillon et l'encensoir au célébrant. Son épouse tient la boutique qui offre un choix de plaques, d'urnes et de fleurs artificielles – le choix du cercueil se fait sur catalogue –, et il a embauché un thanatopracteur pour « préparer » et maquiller les cadavres.

Une semaine après les funérailles de « Madame Claire Rivière », Jean-Baptiste passe régler la facture. Pendant qu'il rédige le chèque, le patron parle incinération et lui explique ce que sont les cendres enfermées dans l'urne. « Ça n'a rien à voir avec le bois du cercueil. Quand tout est brûlé, il reste les os. On les ramasse et on les broie dans, comme qui dirait, un moulin électrique, et ça fait de la poudre, et c'est ça qu'on donne à la famille. » Jean-Baptiste frissonne intérieurement. Il est soulagé d'avoir voulu pour sa bien-aimée des funérailles à l'ancienne, et un caveau. Brûler Claire dans un four crématoire, puis écraser ses os fragiles entre des meules de métal, impensable ! Littéralement impensable !

Il sait où elle est, dans quelle allée, sous quel arbre. Il retourne la voir. La tombe est encore fleurie. Il parle, dit la peine, le manque. S'étrangle et sanglote. Il faut qu'il fasse quelque chose, qu'il s'occupe les mains et l'esprit. Il va peut-être vendre la maison de ville, en chercher une autre avec un jardin à cultiver dans un endroit tranquille où il ne connaîtra personne.

Mais tout le retient ici. Claire y est encore présente. Ses plantes, ses livres, ses vêtements, son parfum. La décoration, les meubles qu'elle a choisis. Et surtout le souvenir des moments passés ensemble, des routines quotidiennes aux évènements exceptionnels, des conversations en tête à tête aux fêtes joyeuses avec leurs amis ou collègues, anniversaires ou célébrations inattendues. Et cet endroit où Jean-Baptiste peut facilement venir se recueillir, lui parler.

En fin de compte, il se passera de longues années avant qu'il prenne pour de bon la décision de partir. Cela coïncidera avec sa mise à la retraite. Profitant de ce changement radical, et sachant qu'il n'aura plus à se rendre au bureau d'intérim, il quitte définitivement la ville.

Peut-être est-il plus important d'oublier que de se souvenir ? Pensée sacrilège qui se forme derrière l'os du front de Jean-Baptiste. Mais oublier, est-ce possible ? En arrivant dans le village, il s'est allégé d'une vie sociale citadine qui le contraignait. Ici, nul ne le connaît, personne n'est au courant de son deuil. Par certains côtés, il s'est désencombré, ne fréquente plus le théâtre, le cinéma et les vernissages. Il a même abandonné une partie de ses livres dans le déménagement. Cependant, sa tête reste pleine et la peine lui ronge le cœur. La « sagesse » populaire parle de « noyer son chagrin dans l'alcool ». Il n'est pas abstinent, ouvre de temps en temps une bouteille de vin rouge, a toujours quelques bières d'abbaye au frigo et déguste volontiers un single malt tourbé. Mais il a trop de respect pour lui-même et son corps, pour s'abandonner compulsivement à la boisson. D'autant que plusieurs amis en ont payé le prix. De l'infarctus tristement banal de Pierrot, à la cirrhose soudaine de Martin, jusqu'à l'horrible histoire d'Albert, trouvé mort après plusieurs jours : au bout de la dépression, pris d'un accès de delirium tremens, il s'était tranché les carotides devant le miroir de la salle de bains.

Tous ces amis étaient seuls depuis longtemps, et si l'alcool peut être un remède momentané à la solitude, l'ivrognerie quotidienne provoque l'éloignement des compagnons de boisson. Le buveur finit par s'enfermer avec son poison. Consommer devient une occupation à temps plein. Une voie sans issue.

Le tabac aura été sa seule addiction durable. Jean-Baptiste fume sa première cigarette à l'âge de douze ans, une tige de tabac gris roulée par son grand-père, ensuite occasionnellement en cachette de ses parents, puis régulièrement à partir de quinze ans, passant des brunes aux blondes et retour, avec filtre ou sans filtre, s'essayant même à la pipe et aux cigarillos, augmentant ensuite sa consommation jusqu'à plus de deux paquets par jour. Il cesse définitivement juste avant son quarantième anniversaire.

Pendant la durée de son intoxication, Jean-Baptiste tente plusieurs fois de s'arrêter. Ces périodes de rémission ne durent jamais plus d'un mois et le manque le rend odieux avec son entourage. Pauvre Claire qui l'encourage et supporte sa mauvaise humeur ! Pauvre Claire qui n'a jamais fumé et meurt d'un cancer ! Bienvenue au royaume de l'absurde.

Pas de rêve. Je ne dors plus jamais. Veille perpétuelle. Moments de vide. Je ne sais si ça dure une heure ou un jour. Plus ou moins. Le temps ne compte pas. Je ne compte pas le temps. Je suis séparée. Ton épouse séparée coupée. Femme sans tête sans bras sans sexe. Quelquefois je crie dans le vide. L'impression que tu es en train de te noyer quelque part. Toi ou moi. Sais pas. Comme dans le bunker du président avec le bouton rouge de la mort. Je n'ai plus de forme. Tu ne me saisirais plus par la taille pour me faire tourner sur moi-même autour de toi. Tu entres chez la fleuriste en faisant sonner le carillon de la porte et tu achètes un nouveau bouquet de roses. Tu marches vers la tombe. Le marbre est trempé par la pluie. Mon nom est écrit en lettres dorées. Tu remues les lèvres, te frottes les yeux. Je pense à me poser sur ton épaule mais je risque de glisser sur le cuir, la peau de ta veste noire. Mon nom est gravé et je suis effacée. Il te reste de la mémoire vive, des images de papier ou de pixels, dans la boîte à chaussures ou sur un CD. Ne pleure pas. Ne me pleure pas. Ne te pleure pas. Je suis en voyage. J'irai jusqu'au bout ensemble.

Gibet ! Soudain, il pense au message signé hijack.nada, alias D4rkD4d4. DarkDada ! Que partagent-ils, au fond ? L'air qu'ils respirent, la terre qui les porte, le soleil qui les chauffe, la pluie qui les mouille. Et aussi le plaisir, le désir, la souffrance, l'acceptation ou le refus des contraintes, la mort à venir… Est-ce pour cela que le jeune homme est MDR, « mort de rire » devant leur commune condition ? Jean-Baptiste répond : *@hijack.nada Je ne sais pas si je suis trop malin. Peut-être que je ne suis pas assez clair ? La tempête fera tomber les singes et les noix.*

Dans l'imagination de Jean-Baptiste, ce twitto est jeune, et du genre masculin. Il débute sur le réseau. Ses favoris sont sur Youtube, des vidéos de musique bruyante, punk ou metal.

Jean-Baptiste sourit, se souvenant de sa jeunesse. Quelle que soit l'époque, il y aura toujours curiosité pour le sexe et méfiance vis à vis de l'autorité. Il se dit qu'il n'est pas si vieux, qu'il lui reste un côté adolescent recyclé. En rêve seulement, parce qu'il a malgré tout, épaissi, il se glisse dans les vêtements de ses dix-huit ans, blazer bleu-marine, pantalon de tergal gris clair, souliers pointus à boucles métalliques, pull shetland. Mais s'il se passe la main dans les cheveux, il rencontre la peau de son crâne. Charme rompu.

Il saisit un des livres qu'il a empruntés, *Sur le bord du Gange* de Josef Winkler, et s'installe dans le canapé du salon, pieds posés sur la table basse. Alpha s'allonge sur le carrelage. Le côté sombrement répétitif du livre le fascine. Il est avec Winkler sur les terrasses au bord de l'immense fleuve. Il voit les guirlandes de fleurs orange décorant les corps, les cadavres carbonisés, les chiens et les veaux errants, les enfants qui ramassent les bouses. Il entend le crépitement des flammes, les psalmodies des prêtres. Il sent l'odeur de la chair brûlée et de l'encens. Ses yeux piquent, il pose le livre, pivote dans le canapé et s'endort rapidement.

Dans le salon silencieux, le chien et son maître rêvent. Alpha court les bois et les champs, saute par-dessus grillages et clôtures, débusque faisans et lapins, museau frémissant, captant les flux d'odeurs dans le vent. Jean-Baptiste marche sur les pavés mouillés dans les rues de la ville. Soudain, il voit Claire sortant d'un magasin de prêt-à-porter. Elle se déplace en fauteuil roulant. Il n'en croit pas ses yeux, ni ses oreilles, car elle l'apostrophe de loin : « Si tu savais par où je suis passée ! Ils m'ont même ouvert les ovaires ! » En dépit de ses propos et de sa position, elle paraît pleine d'énergie. Elle est ressuscitée ! L'émotion est trop forte. Jean-Baptiste éclate en sanglots et se réveille en même temps qu'Alpha qui vient d'entendre le tonnerre des fusils de chasse.

Dans cet état de chagrin, il faut trouver quelque chose à faire, s'occuper les mains pour maîtriser le cœur. Le jardin s'y prête. Tout le sollicite, semis, soins, compostage, récolte, sarclage, arrosage, transplantation, et aussi écoute et contemplation. Il connaît depuis peu le nom véritable de l'herbe aux goutteux, c'est l'aegopode, plante ennemie, envahissante et colonisatrice, bien pire que le chiendent, au moins apprécié par Alpha, ou l'ortie dont on fait au choix du purin ou de la soupe. Très peu pour lui !

Penché sur le carré de muguet, armé d'un couteau pointu, il s'efforce de limiter l'étouffement aegopodique, de redonner de l'air et de l'espace aux liliacées porte-bonheurs. Il sait bien que ce travail d'éclaircissement sera à refaire. Qu'il laisse le moindre morceau de rhizome et l'invasion reprendra, virulente comme des métastases. Et voilà, c'est raté ! Il avait pensé s'éloigner mais l'analogie l'a ramené dans les parages du chagrin.

Assis sur la planche de l'escarpolette suspendue dans le noyer, Jean-Baptiste se balance lentement. Le mouvement lui rappelle la rive du Gange, il pense au Dharma, essaie de se rappeler ce que sont les quatre nobles vérités et les huit stations de la voie juste, telles qu'il les a découvertes dans un ouvrage de vulgarisation. Mais sa mémoire n'est plus ce qu'elle a été. Il se calme, écoute les bruits du village et contemple les métamorphoses du ciel sous le soleil déclinant.

Les grenouilles plongent dans la rivière qui borde le jardin. Un nuage de moucherons fait du surplace au milieu d'un rayon lumineux. Les vaches aux mamelles distendues meuglent impatiemment en attendant la traite. Le paysan d'en face a du retard. Jean-Baptiste murmure dans sa tête : « Dépêche-toi ! Elles souffrent. » Il se remet debout, répand sur le tas à brûler le cageot de mauvaise herbe, impropre au compost. Siffle. Alpha arrive en courant, il lui caresse la tête et tapote ses flancs. Ensemble, ils regagnent la maison vide et froide. Devant l'évier, le chien se met à l'arrêt. L'homme comprend et lui remplit son bol. Pendant que la bonne bête boit bruyamment, avant de cuisiner, Jean-Baptiste sort l'ordinateur de sa veille. Nouveau message : *Hey Gibet !!! toujours dans les arbres ??? avec ton nom j'attendais un truc plus cool… décroche un peu t'es pas mon daron !!!*

En peu de mots, beaucoup de choses sont dites même si l'ensemble paraît sibyllin. Il ne répond pas immédiatement, mais colle automatiquement un cœur rouge sous le tweet. On saura qu'il a lu et « apprécié ». Il n'aime pas le côté « Ballade des pendus » de ses initiales devenues sobriquet. Gibet ! Tu parles d'un pseudo ! Claire se moquerait de lui, de sa susceptibilité. Il ferme abruptement le PC. Il a besoin de ressortir, d'être sous le ciel. Traversant le jardin d'un pas vif, il passe sous la tonnelle et se laisse choir sur le banc au bord de l'eau.

D'instinct, son regard épouse le sens du courant. Comme lui, les herbes aquatiques se penchent vers l'avant, ondulant mollement au sein des remous. En surface, sur l'autre rive, c'est le flot du vent qui agite les roseaux. Jean-Baptiste écoute leurs frôlements légers. Il sent le parfum de l'humus et prend conscience que le seul enfant qu'il ait bien connu se trouve là, parmi les images, les bruits et les odeurs du passé. Il glisse dans sa mémoire comme il glissait inexorablement vers la rivière ayant lâché les tiges de roseaux qui le retenaient. La peur soudaine qui l'envahit, alors qu'il bascule dans l'eau froide, s'enfonce dans la vase et que la rivière se referme au-dessus de lui. Les mouvements désordonnés pour remonter sur la rive, saisir une touffe d'herbe, ramper maladroitement, alourdi par ses vêtements trempés et enfin, tout crachant, s'effondrer dans les graviers du bas-côté.

Il entend le flic floc de ses chaussures sur le macadam de la route tandis qu'il rentre à la maison, transi et couvert de lentilles d'eau. Le rire de son père l'apercevant, dégoulinant sur le seuil de la maison, et presqu'en même temps, le saisissement de sa mère : « Mon Dieu, qu'est-ce qui t'est arrivé ? Trempé, il est trempé ! Vite, viens ici ! » Elle le prend par le bras, il a le visage collé à son tablier, respire l'odeur du tissu amidonné, la chaleur de son ventre. Ensuite, sur le sol cimenté, comme une dépouille informe, le tas de ses vêtements, puis la cuve galvanisée, les casseroles, l'eau chaude ruisselant sur ses cheveux, le long des épaules et du dos, l'odeur du savon chassant celle de la vase. Il se revoit, debout dans la cuve, comme Vénus au milieu de son coquillage, et sa mère l'enveloppe, le couvre avec la grande serviette de coton blanc, préalablement mise à chauffer sur la barre cuivrée de la cuisinière. Il sait aujourd'hui que ce rituel s'inscrit dans une histoire qui le dépasse, histoire de purification, de renaissance. Les périodes se confondent, l'ordre des événements est bousculé. Tout arrive en même temps. Ce n'est pourtant pas la même rivière, mais c'est la vraie rivière, celle de la réalité.

« *Décroche un peu t'es pas mon daron!!!* » Il n'approuve pas cette appellation, daron sans lardon, daron sans pardon, daron marron. Évidemment, un gamin ne saurait imaginer ce que cela fut, pour Claire et pour lui, de ne pouvoir – se reproduire ? – transmettre, éduquer ? – enfanter… Mais, par ailleurs, si le sujet est abordé, c'est que, peut-être… Jean-Baptiste ne va pas jusqu'au bout de son raisonnement à propos de D4rkD4d4. Sur les réseaux dits sociaux, ne manquent pas les tromperies, les affabulations et mythomanies ; la comédie humaine trouve là un espace de prolifération.

Après avoir réfléchi et composé mentalement une réponse, le soir venu, Jean-Baptiste tweete : *Je ne suis le daron de personne. Oh, que non, fiston ! Oxymore, occis, c'est mort ! Mais pas de rire. Je retourne dans mon arbre. Bon vent !*

Plutôt que d'écouter le CD de Marylin Manson, Jean-Baptiste regarde quelques vidéos du groupe sur You-Tube. Visiblement, le chanteur a un budget illimité pour le maquillage et les costumes, hard rock au cabaret, obscène rimant avec Gretchen, pas franchement transgressif. Une reprise de *Personal Jesus* de Depeche Mode. « Tu vois, Alpha, je préfère la version de Johnny Cash », dit-il en tapotant la tête de l'animal. « Ce Marylin Manson me rappelle Divine, le travesti dans les films de John Waters. Je te ferai écouter son premier disque, *Born to be cheap.* Tu vas voir, ça swingue davantage ! »

Parler au chien, aux arbres et aux plantes du jardin, se parler à soi-même, voire s'écrire à soi-même, Jean-Baptiste fait le compte, le bilan de sa « communication ». À part l'employée de la médiathèque, il n'a pas eu, cette semaine, de contact avec le reste de l'humanité. Les échanges trompeurs sur twitter et même la conversation sous-jacente avec l'âme invisible de Claire ne relèvent pas vraiment de la convivialité.

Action ! Passage par la douche. Station lavabo, blaireau et rasoir. Vêtements propres. En voiture ! Direction Lozinghem, par la chaussée Brunehaut. C'est là qu'habite monsieur Poirier, souvent croisé à Gosnay, dans les travées d'Emmaüs ; but de promenade avec Claire, qui chinait des objets en céramique, assiettes, sucriers, plats marqués du sceau du Moulin des Loups, la faïencerie d'Orchies. Ils avaient plaisir à arpenter le hangar où s'entassent des milliers d'ustensiles, outils, bricoles, meubles, appareils, fournitures diverses, un véritable musée de la vie quotidienne. Ensuite, ils passaient aux livres. Jean-Baptiste sortait de son portefeuille la liste des numéros manquants à sa collection de « Série noire », les cartonnés noirs et jaunes à jaquette. Monsieur Poirier, vieil homme élégant aux cheveux gris soigneusement peignés, était toujours là, penché sur les nouveaux arrivages, à la recherche du livre rare, dédicacé. Un jour, il lui avait montré, parmi ses trouvailles, un exemplaire du *Voyage au bout de la nuit* signé par l'auteur. Celui-là avait échappé aux bouquinistes professionnels ! C'était avant l'euro, avant que les prix soient multipliés par six. Pendant que Jean-Baptiste fouinait parmi les livres, Claire visitait la partie « antiquités ». Peu avant la fermeture, ils partaient à la recherche l'un de l'autre pour se montrer leurs trouvailles.

À leur deuxième visite, Claire avait remarqué, sur le parking, une dame seule dans une voiture. Assise à l'avant, côté passager, absorbée par le livre qu'elle lisait, c'était madame Poirier qui attendait rituellement son mari. Quelques semaines plus tard, celui-ci leur avait proposé de venir, un jour ou l'autre, prendre le café. Il avait beaucoup de livres en double, parmi lesquels Jean-Baptiste et Claire trouveraient certainement leur bonheur. Par timidité ou par discrétion, ils n'avaient pas répondu à l'invitation.

Un an après le drame, Jean-Baptiste était revenu à Gosnay, une sorte de pèlerinage qu'il faisait maintenant régulièrement, déambulant au milieu de toutes ces reliques, objets hétéroclites souvent arrivés ici après un deuil, quand il fallait vider les habitations. Il croisait de temps en temps le discret monsieur Poirier. Mais il remettait toujours à une autre fois sa visite. Jusqu'à aujourd'hui.

Arrêté au passage à niveau de Lillers, Jean-Baptiste se rend compte qu'il n'a pas prévenu de son arrivée. C'est là qu'un téléphone portable serait pratique ! Il songe à rebrousser chemin, mais pendant que le train défile sous ses yeux, une voix chuchote : « Vas-y, mon amour ! »

Il reconnaît la maison à la description de monsieur Poirier. Elle est séparée de la rue par une petite cour pavée, bordée d'un muret surmonté de grilles en fer de lance. Des lauriers masquent les fenêtres. Jean-Baptiste pousse la grille grinçante et, avant de sonner à la porte, vérifie le nom sur l'étiquette. C'est monsieur Poirier qui ouvre. « Monsieur Rivière ! Vous avez trouvé le temps et le chemin ! Vous êtes seul ? Marie-Thérèse, viens donc, c'est monsieur Rivière ! Entrez ! Entrez ! »

Au bout du couloir, apparaît la maîtresse de maison : « Ah, monsieur Rivière, Julien a souvent parlé de vous. » Le visiteur inattendu ne sait quoi dire et serre la main offerte en souriant. Tous trois gagnent le salon à l'arrière de l'habitation. Les fenêtres donnent sur un jardin peuplé de bouleaux, de frênes et de conifères dans un enchevêtrement de branches et de lianes, chèvrefeuilles et clématites. Jean-Baptiste s'approche de la fenêtre, en contournant l'immense poste de télévision qui, son coupé, continue à diffuser ce qui semble être un « téléfilm ».

« Installez-vous ! Je prépare du café.

– Vous regardez ma forêt vierge. J'ai renoncé à l'entretenir. Je laisse faire la nature, la libre concurrence. Je préfère lire plutôt que défricher la jungle.

– Vous pourriez avoir plus de clarté dans votre salon.

– Les lumières sont dans l'écriture. Et nous avons l'électricité.

– Justement Julien, tu peux nous éclairer un peu, et sortir les tasses de l'armoire. »

Sur la route du retour, le soleil bas sur l'horizon l'éblouit, l'obligeant à sortir ses lunettes noires. Il ne voit plus son regard dans le rétroviseur et conduit machinalement, la tête pleine de la rencontre avec ces braves gens.

Quand elle pose la question « Comment va votre

épouse ? », comment va Claire, il regarde madame Poirier droit dans les yeux en secouant la tête. Quelques secondes, muet, il pense : « Elle est au ciel ! », mais dit : « Elle est décédée, un cancer, rapide. » Dans le grand silence qui suit, son esprit capte « Je te vois, je suis avec toi » et, de nouveau, il sourit tristement à ses frères humains.

Monsieur Poirier présente ses condoléances ; madame Poirier prononce quelques mots de réconfort, puis ressert du café et lui tend l'assiette de gâteaux secs.

Plus tard, Julien Poirier l'emmène dans son bureau. Les murs sont des rayonnages de livres alignés, empilés, du plancher au plafond. Au centre de la pièce, une étagère supplémentaire, double et solitaire, chargée de dictionnaires et de boîtiers de bandes magnétiques, constitue une cloison dans le prolongement du bureau. Jean-Baptiste, accroupi sur un pouf, coincé entre deux parois de bouquins, se sent légèrement oppressé. Face à lui, dans la tanière livresque, assis sur un fauteuil paillé, monsieur Poirier parle calmement, timbre médium, phrases construites, évoquant son admiration pour Jean de La Fontaine, Victor Hugo et les poètes contemporains Pierre-Jean Jouve, Henri Michaux. « Que pensez-vous de Michaux, monsieur Rivière ? » Jean-Baptiste avoue son manque de connaissance en matière de poésie moderne, étant plutôt lecteur d'essais et de romans. Il cite malgré tout le nom de Jean Rivière que son hôte ne connaît pas. Se souvenant de la passion du visiteur pour la « Série noire », Julien Poirier le conduit dans une pièce adjacente, également peuplée de livres, un stockage pour les moissons quasi-quotidiennes dans les Emmaüs et les brocantes de la région. Jean-Baptiste s'arrête devant le rayon noir et jaune. « Servez-vous ! » Pendant qu'il explore la mine d'or, monsieur Poirier dévoile les goûts différents de son épouse, qui, pour l'heure, dans le salon, a coiffé son casque d'écoute et suit sans bruit, *Derrick*, son feuilleton préféré. Elle aussi est amateur de romans policiers, mais exclusivement ceux de Georges Simenon, dont elle lit et relit en boucle les œuvres complètes depuis des années. Jean-Baptiste se surprend à décrire les préférences de Claire, révélant leurs goûts communs en matière de cinéma et de musique. Stanley Kubrick, Andreï Tarkovski, Erik Satie…

Soudain, un bruit de klaxon. Il donne un coup de volant à droite tandis qu'un quatre-quatre le dépasse en trombe. Sur le siège passager, la pile de livres a tremblé. Il aperçoit, cinq fois reproduit, le visage souriant et pensif d'Henri Michaux. *La nuit remue*, cadeau de Julien Poirier.

Dans les jours qui suivent sa visite, une fois de plus, Jean-Baptiste classe, époussette et range sa collection de romans noirs – et jaunes. La maison résonne des *Gnossiennes* et *Gymnopédies* de Satie, un disque acheté avec Claire à la fin des années soixante-dix, juste avant que le monde change. *Cet homme est dangereux. Un linceul n'a pas de poches. Le Grand Sommeil. Tous des vendus !*

Le Petit César; curieux comme les premiers titres de la «Série noire» font écho à l'air de l'époque. Mais Jean-Baptiste n'est pas un homme en colère. Il sait qu'on ne revient pas en arrière. Il essaie malgré tout de tenir les fils du passé, de rester debout dans les brumes du temps. Se comparant, modestement, aux hommes-livres de *Fahrenheit 451*, sachant qu'il n'est pas un homme de lettres, il pourrait être un homme de livres, bien qu'il n'en connaisse aucun par cœur. Peut-être, un jour, sera-t-il capable de partager toute cette parole accumulée dans sa conscience ?

Dans la brume qui m'entoure, je ne vois rien. Je ne vois pas le cavalier rouge et ses trois compagnons. Le vent me gifle. Je pense que les sabots des chevaux lancent dans l'espace des touffes d'herbe des silex coupants et des blocs de boue. Je n'entends pas leurs martèlements sur le sol gris, la moquette du ciel. Je croise les mains sur ton ventre mon amour. Je souffle sur les poils de ta nuque. Je n'entends pas les cris de la foule entassée dans les stades les zéniths les arènes du monde. J'ai beau tendre l'oreille comme le professeur Tournesol, je n'entends pas les trompettes du dernier jugement.
Je sais que je ne suis pas coupable. Toute ma vie est derrière moi, effilochée comme la voie lactée, comme l'eau d'une casserole projetée dans la lumière électrique des réverbères du carrefour. Pourtant je lis ces mots écrits en anglais à l'envers de mes paupières, à droite *Try a Little Tenderness* et à gauche *I Can't Stop Loving You.* Une fumée d'encens tout petit nuage monte se mélange à la brume qui m'entoure. Je resserre encore les mains sur ton ventre, presse la joue sur ton dos. J'aurais tellement voulu rentrer chez nous prendre un bain chaud, écouter une gymnopédie et m'allonger avec toi dans la lumière rose.

Come together, right now, over me. L'année 1969, au milieu des prairies mouillées, dans la brume d'octobre, la sono diffuse en continu la nouvelle chanson des Beatles. C'est le « festival Actuel ». Claire et Jean-Baptiste sont là pendant trois jours et trois nuits au Mont de l'Enclus, dans le village d'Amougies, aux environs de Tournai. Près du chapiteau en toile, les spectateurs installent leurs tentes, comme des maisonnettes autour d'une église. On respire l'odeur des brûleurs au fuel qui réchauffent l'atmosphère. Des milliers de jeunes sont venus de France, d'Allemagne, de Belgique, de Grande-Bretagne. Claire et Jean-Baptiste ont l'impression que tous les hippies d'Europe se sont donné rendez-vous ici. L'air est frais, l'ambiance chaleureuse. Quelques gauchistes parisiens mettent un peu d'animation en manifestant pour obtenir l'entrée gratuite. Des figures de la « contre-culture » française sont présentes, le Baron de Lima, prince des Beatniks tout de noir vêtu, une bague à chacun de ses doigts, Mouna Aguigui, militant anti-atomique à bicyclette, barbu et volubile. Mais les vraies stars se produisent chaque soir en alternance sur les deux scènes, l'une plutôt dédiée à la musique pop et expérimentale, l'autre au free jazz. Les présentateurs sont Pierre Lattès et le déjà légendaire Frank Zappa. Ce festival aurait dû avoir lieu près de Paris mais les autorités républicaines l'ont interdit.

Cela arrange bien les amateurs de rock vivant dans le Nord, entre autres les deux amoureux et, profitant d'une permission, le copain Albert, appelé du régiment, un des rares garçons à ne pas avoir les cheveux longs.

Plusieurs groupes français sont au programme de la première soirée. Les trois amis sont au pied de la scène, dodelinant de la tête et tapant des pieds en écoutant Moving Gelatine Plates, Blossom Toes, Ame Son et même l'Indescriptible Chaos Rampant. Musique aussi originale que leur dénomination.

Mais le gros évènement de la nuit, totalement nouveau pour tous, c'est la découverte du free jazz, musique d'avant-garde créée par les Noirs américains ! Acoustiquement ou visuellement, quelles sensations ! La plupart des spectateurs sont stupéfaits. De fait, après un moment de sidération, Albert ne supporte plus les stridences et l'énergie volcanique des artistes, il s'éloigne de la scène et finit par sortir de l'enceinte. Quant à Claire et Jean-Baptiste, émerveillés par cette dépense brute, ils se souviendront longtemps d'Archie Shepp et de Don Cherry, ainsi que du strip-tease improvisé vers quatre heures du matin par Joseph Jarman de l'Art Ensemble of Chicago, terminant son set avec humour, pastichant les rockers, uniquement vêtu d'une guitare électrique blanche en bandoulière.

Concert terminé, amplis éteints, on se glisse à quatre pattes dans la tente canadienne, on s'enveloppe dans les sacs de couchage. Discrètement, les fermetures Éclair s'ouvrent et les mains se touchent, tâtonnent sur la peau. L'un contre l'autre, dans l'obscurité, les jeunes amants se regardent sans se voir, se respirent, s'apprivoisent en silence, se connaissent et se rencontrent du nez, des lèvres et de la langue. Novices amoureux, Claire et Jean-Baptiste sous la toile, sous les étoiles.

Sommeil léger, nuit courte, fous rires et courbatures. Albert, couché tôt, levé tôt, rejoint le couple, leur montre le « Mouna Frères, Mou'nana pour les sœurs » magazine qu'il vient d'acheter à son auteur-éditeur, Aguigui Mouna, le bouffon barbu beatnik, militant pacifiste, adepte du vélo et pourfendeur des puissants.

La 2 CV de Jean-Baptiste emmène le trio d'amis à Tournai pour la restauration et le ravitaillement. Ils avalent leur petit déjeuner au bord de l'Escaut, admirant les péniches qui se faufilent sous le pont des Trous. Ils marchent jusqu'à la cathédrale Notre-Dame, impressionnés par les cinq tours – quatre sans cloches. Ils s'assoient un moment à l'intérieur, dans la pénombre, charmés par les accords d'un organiste invisible. Jean-Baptiste pense aux foules qui depuis le Moyen Âge se sont pressées, ont prié, ri ou pleuré sous ces voûtes, entre ces colonnes de pierre, dans la lumière des vitraux. Il en parle tandis qu'ils prennent un café dans un estaminet de la Grand-Place. Après tout, la jeunesse enthousiaste et bigarrée rassemblée sous le chapiteau d'Amougies partage une expérience de communion musicale, fraternelle et paisible, dans l'espérance d'un monde nouveau, créatif et harmonieux. Toute une génération lyrique qui n'imagine pas le désenchantement qui vient.

Retour au campement pour une nouvelle dose de décibels, rythmes et envoûtements. Un des pics esthétiques du festival : premier concert de Pink Floyd sur le continent. Comme des milliers d'autres, ils écoutent la musique, allongés dans leurs sacs de couchage. Personne ne parle, moment précieux, sublime. Pink Floyd enchaîne des pièces magnifiques, surprenantes par les sonorités, douceur et violence dans l'invention des ambiances : *Astronomy Domine, A Saucerful of Secrets.* Frank Zappa se joint au groupe ; ils improvisent ensemble pendant plus de vingt minutes sur *Interstellar Overdrive.* Serrés côte à côte, les yeux au ciel de lit, avec les musiciens, avec les milliers de frères et sœurs présents, Claire et Jean-Baptiste planent dans l'Univers.

Les concerts s'enchaînent, pop, free jazz, musique électronique. Plus de soixante groupes et artistes au programme. À la longue, la fatigue gagne. Beaucoup s'endorment.

"Get up! Get up! Get up! Get up!" Bam ! Bam bam ! Bam ! Bam bam ! Bam ! Bam bam ! Ce n'est pas un rêve. Ils se réveillent. Un énergumène escalade un pylône, hurlant et frappant une cymbale. C'est le batteur des Pretty Things.

Il parvient à faire se lever un maximum de gens. Claire et Jean-Baptiste s'extirpent de leur sac de couchage et avancent lentement vers la scène, main dans la main.

Troisième jour. Autre escapade à Tournai. Passage à la gare pour y déposer Albert qui doit rejoindre la caserne. Claire et Jean-Baptiste marchent le long de l'Escaut, envisagent le mariage, la vie commune, s'imaginent vivant à bord d'une péniche. Ou, plus abordable, une vieille bâtisse à retaper. Jean-Baptiste pense à Paul, son camarade du lycée, dont les parents ont depuis longtemps une maison de vacances en Ardèche. Il semble que pour une somme modeste, on puisse trouver là-bas des maisons abandonnées, à l'écart de la société conforme. Les yeux brillent à l'évocation des montagnes bleues, des châtaigniers, des rivières sauvages. Le couple s'exalte encore au retour sur Amougies en parlant avenir, liberté, bonheur.

Après une longue sieste sous la tente suivie d'un moment de lecture, ils rejoignent le chapiteau. Deux jeunes Anglais viennent s'asseoir près d'eux. Ils questionnent, *in english, of course!* Claire est la plus qualifiée pour comprendre et répondre. Elle vérifie le programme du jour ; ils ont raison, c'est ce soir que le Capitaine Cœur de Bœuf et son Orchestre magique vont jouer ! Si ces deux Anglais ont fait la traversée rien que pour venir l'entendre, ce Captain Beefheart doit être un sacré personnage.

En attendant, ils se délectent avec Keith Emerson, leader du groupe Nice, organiste virtuose, qui parfois maltraite son instrument, le soulève et le laisse retomber de tout son poids dans un bruit rendu effroyable par l'amplification. Ils entendent aussi Soft Machine, puis Gong avec le tambourinaire Daniel Lalou et David Allen grattant les cordes de sa guitare avec un couteau.

Enfin, le guitariste Maître de Cérémonie Frank Zappa, enveloppé dans un ciré de caoutchouc jaune, annonce fièrement la prestation de Captain Beefheart & His Magic Band. Enjambant les dormeurs, Jean-Baptiste et Claire se dirigent vers le podium. Le groupe entre en scène et d'emblée, c'est saisissant. Ils sont cinq, étrangement costumés, avec des accessoires aux formes et aux couleurs excentriques, lunettes colorées, couvre-chefs inattendus, l'un d'eux équipé d'un masque à gaz. Captain Beefheart en redingote de velours marron, chapeau haut-de-forme et longues bottes de cavalier, tient à la main une liasse de feuilles, poèmes et paroles des chansons. À son signal, tous commencent à jouer, guitares électriques, saxophones et batterie. Une averse sonore inouïe dégringole sur le public. Force pure. Au micro, Captain Beefheart déclame sa poésie avec une voix venue de la terre, des marais, de l'orage. De sa botte frappant le sol, il marque un rythme ancestral, chaman en transe. La peau des haut-parleurs tremble, le sol vibre et l'air se met en mouvement. Cloués sur place, les spectateurs des premiers rangs, totalement éveillés, ouvrent de grands yeux, secouent la tête, sautillent comme des moineaux. Rassemblant en lui rock, blues et free jazz, passant de la voix à l'harmonica, puis au saxophone soprano, avec son orchestre magique, le Capitaine offre son Cœur de Bœuf au peuple d'Amougies, à la jeunesse du monde.

Sortie de terre, je suis maintenant dans le blanc neigeux, dans le silence. Je ne sais plus ce que veut dire le mot maintenant. C'est comme aujourd'hui, hier ou demain. De mes limbes, je parviens à glisser dans les replis du temps, entre les univers empilés, comme entre les pages d'un livre secret. Je ne pose pas de questions. Je suis sur une autre table d'opération. Je distingue dans le blanc de la brume les contours secrets de la langue. Je continue d'entretenir le feu. Inflammation. Gangrène. Amputation. Je sens les fourmillements résiduels de notre amour. Pense à moi en regardant les nuages qui défilent le soir devant le Baudrier d'Orion, nos trois étoiles blanches, toi et moi et nous, passé présent futur, croire espérer aimer. Je tourne sur moi-même, une toupie dans la poussière au milieu de la cour de récréation. Des milliers d'enfants tournent en même temps que moi, bras étendus, bouche grande ouverte, mais je n'entends aucun bruit. Les robes et les jupes à volants tourbillonnent avec les feuilles mortes au milieu des courants d'air dans les cours d'immeubles. Le soleil se lève et se couche sans arrêt, à la vitesse d'une lampe de stroboscope. La température diminue rapidement. Ici, l'eau ne coule pas, je n'ai pas de larmes. Je suis prise dans un bloc de glace brûlante. Un bloc de peur.

L'unité de soins palliatifs se trouve au dernier étage de la clinique Mahaut de Termonde, au plus près du ciel. Jean-Baptiste y vient chaque jour. Assis au bord du lit, il tient la main de sa femme, lui caresse parfois le visage. Elle a presque toujours les yeux fermés. Il lui parle du temps qu'il fait, de son quotidien dans la maison, des livres lus, des gens qu'il a rencontrés. Il récite des poèmes, des paroles de chansons et les prières de son jeune âge. De temps en temps, il se lève, se dirige vers la grande baie lumineuse. Face à l'immensité nuageuse, il vacille, tend les bras pour retrouver l'équilibre puis revient près de son amour. Claire s'agite, sort du sommeil engendré par les produits que le goutte à goutte lui glisse dans le sang. Jean-Baptiste se penche, frotte sa joue contre la joue de Claire. Elle répond à la caresse. Il pose ses lèvres sur les lèvres craquelées. Elle ouvre la bouche. Chuchote. Il approche son oreille. « Ramène-moi chez nous ! »

Réveillé en sursaut, Jean-Baptiste rassemble douloureusement ses esprits et envoie dans l'éther, dans les brumes matinales, dans l'éternité, ses pensées les plus aimantes vers la disparue. Une nouvelle journée commence. Toilette, petit déjeuner avec Alpha, ordinateur.

Après une nouvelle visite sur YouTube, Jean-Baptiste publie un tweet « humoristique » : *Le véritable nom de Marylin Manson est Charles Monroe.* Un abonné relaie la phrase, deux répondent avec un sourire :-) et des naïfs petits cœurs, témoignages d'amour systématique. Dans le courant de la journée, JB se gagne un abonné supplémentaire : D4rkD4d4. En dépit du *Bon vent !* sans nuance de Jean-Baptiste, les ponts ne seront pas coupés. L'abonnement est la marque d'un intérêt et JB approuve en se fendant d'un *Merci de me suivre* à l'adresse @hijack.nada.

Sur le carrelage de la cuisine, Alpha est allongé dans une flaque de soleil. Quand Jean-Baptiste décroche du porte-manteau son blouson et sa casquette, le chien se lève, agite le panache de sa queue, et fait des allers-retours entre son maître et la porte du jardin. On va s'occuper du compost. Brouette, pelle, fourche. Le tas constitué par les déchets organiques et végétaux accumulés a subi les arrosages continuels de fortes pluies. La matière s'est transformée.

Alpha galope dans le sous-bois, flaire et fouille le long de la rivière – le jardin clos lui est interdit – tandis que son maître remplit la brouette, puis déverse sur le sol nu la nourriture de la terre, une forme de restitution. Jean-Baptiste y voit une analogie avec ce qui se passe dans le cosmos, ces étoiles qui s'éteignent, se transforment en cendres, en molécules primaires, un fumier cosmique, pour renaître en un autre lieu, un autre temps, dans les galaxies lointaines. Chaque brouette vidée sur le jardin dessine une pyramide noire qui fume dans l'air matinal.

En déposant le fumier sur le sol boueux, Jean-Baptiste pense au père d'Albert, à sa maison dans une cité ouvrière. Paradoxalement, arrivé à l'âge de la retraite, alors qu'il devenait maître de son temps libre, il avait décidé d'arrêter le jardinage. «Des fleurs, des arbres, un potager, pour quoi faire? J'ai semé une pelouse. Marre de s'esquinter. Les légumes, ça s'achète au supermarché.» En 1980, le monde devient «nouveau et intéressant.» Ainsi, le décrète le magazine qui avait accompagné les désirs de sa génération. Les jardins ouvriers et les champs sont remplacés par des Zal ou des Zac, des parcs d'activités ou des plates-formes logistiques. Les Amis de la Terre s'installent en ville et s'allient aux productivistes et autres progressistes. Avec un sentiment de regret, poussant la brouette vide, Jean-Baptiste se souvient qu'avec Claire, ayant abandonné l'idée de vivre dans les montagnes bleues, ils avaient acheté à crédit une petite maison de ville à Béthune. Ardèche, Amougies, fini! Les Hippies, aussi! Les activistes d'aujourd'hui ont encore le H majuscule – Hackers! Et le drapeau noir des Pirates – Hijack! Ils agissent en pianotant sur un clavier ou en caressant du pouce une surface de glace noire.

L'avatar de D4rkD4d4 est une espèce de bonhomme Playmobil tenant à la fois de Darth Vador pour la tête et de Pikachu pour le reste du corps. La bannière présente sur un fond bleu-lagon une rangée de bombes noires dont les mèches allumées clignotent. La devise sous le pseudo proclame : *No Future! No Life! Nothing!* Les derniers tweets affichés sont courts – souvent un seul mot. *Lol. Ok. Mort.* Ou plus long *J'ai un pb.* Certains retweets témoignent d'un intérêt pour le régime végétarien, renommé « vegan », le youtubisme, les paroles de chansons en anglais, les musiques électroniques et les groupes à tendance Death Metal.

Jean-Baptiste fait défiler la liste des abonnés et celle des abonnements. Aucune logique, aucun classement. C'est un ensemble disparate de twittos réunis là au hasard, représentatif d'un univers mondialisé, d'une indifférenciation générale. Malgré tout, des dialogues peuvent avoir lieu, des personnes s'affirment, se reconnaissent en dépit des problèmes – pb – de langage. On ne sait pas si « slt » se traduit par « Salut les Terriens », « Second Life Time » ou signifie simplement « Salut ». Plus difficile de définir le *swag* ou le *seum*. Mais la culture générale et l'usage des moteurs de recherche permettent à l'abonné d'un certain âge une compréhension suffisante, et même, éventuellement de se faire passer pour un « geek ». *Yes, we can.*

Bref aboiement d'Alpha à la porte qui donne sur le jardin. Traduction : « Je veux rentrer. » En allant lui ouvrir, Jean-Baptiste dit : « Ah, mon chien, tu ne risques pas de te tracasser comme moi. Tu n'as pas besoin de choisir entre révolte et soumission, entre idée et matière, entre foi et raison, entre réel et virtuel. Tu t'en fiches, Alpha!» Mais non, il ne s'en fiche pas, il remue la queue vigoureusement, un geste de contentement qui fait sourire Jean-Baptiste.

«Caresse-le!», la voix de Claire dans son oreille. Il pose la main sur la tête d'Alpha, glisse les doigts sous son collier, lui chatouille le cou. Il sait qu'il tourne en rond dans les ruines de son monde. Sans cesse revenant sur les traces du passé.

Avec Claire, ils se promènent le long du canal à partir de la gare d'eau. Marchant sans parler, bras dessus, bras dessous. Les volutes de vapeur se mêlent devant eux à la sortie de leur bouche. Leurs yeux suivent un couple de colverts, une péniche chargée de blé ou l'hélicoptère du Samu en route pour le CHR. Deux spirales de souvenirs les accompagnent. Pour chacun, l'enfance près d'un canal, le premier flirt, premier baiser sous les arbres, au bord d'une rivière. Ensuite, le destin, la rencontre au Camping du Bois, Stella-Plage, Côte d'Opale. Deux vacanciers font connaissance. Claire Dehorne, timide, longs cheveux lisses, taille fine serrée dans une paire de jeans; Jean-Baptiste Rivière, diable roux débraillé, regard sombre, barbiche de révolutionnaire. Là, se crée une spirale commune.

Chaque fois qu'il sort du village à pied, Jean-Baptiste fait halte au milieu du pont sur la rivière. Penché sur le garde-fou, il regarde l'eau claire défiler avant de disparaître sous le tablier. Elle vient de plusieurs puits artésiens jaillissant dans la commune voisine. Une épave métallique a été balancée par-dessus la rambarde, un vieux cadre de vélo visible entre les herbes flottantes. Les tiges des élodées s'accrochent aux dents du pédalier rouillé. Un banc d'ablettes aux écailles chatoyantes zigzague au centre d'une trouée ensoleillée. Sur une impulsion enfantine, il descend au bord de l'eau et se soulage dans la rivière. Il regarde les bulles dériver lentement, vers la Lys, l'Escaut, la mer du Nord.

Vélo et pipi dans l'eau, la combinaison de ces deux images provoque l'apparition fantôme d'un homonyme, Roger Rivière, héros de son enfance. Jean-Baptiste se souvient. En 1960 pendant le Tour de France, dans la descente d'un col, il prend tous les risques, à la poursuite de Nencini. Il percute un muret. Chute horrible de quinze mètres au fond d'un ravin, double fracture de la colonne vertébrale et paralysie définitive. Sept ans après l'accident, invalide à 80 %, il admettra avoir pris des amphétamines. Propriétaire à Saint-Étienne d'un café-restaurant, il le baptise « Le Vigorelli », du nom du vélodrome de Milan où il a remporté le record du monde de l'heure. Peut-être y prend-il de temps en temps un apéritif ou une bière ? Peut-être s'est-il mis à fumer ? Roger Rivière est mort le 1er avril 1976 d'un cancer du larynx. « Le vélo, c'était sa vie. »

Jean-Baptiste remonte précautionneusement la pente en s'accrochant aux roseaux. Il reprend sa méditation, appuyé à la rambarde. Un autre souvenir déplaisant revient à la surface. Il a huit ans et voit les plus grands marcher dans l'eau, courbés, scrutant le fond de la rivière. Ils portent un harpon primitif, un bâton au bout duquel on a fixé, à l'aide d'une bande Velpeau, une fourchette de la cuisine familiale. Ils chassent le cabot, un poisson à grosse tête, posé sur les cailloux du fond, avec lesquels ses couleurs le confondent. Un des gamins a repéré une proie. Soudain, avec un cri de triomphe, il relève son arme. Le cabot embroché se tortille quelques secondes au bout des quatre dents de la fourchette qui lui traversent le corps. Le garçon fait glisser le poisson agonisant dans un récipient en acier galvanisé portant une étiquette « Savon noir ».

Des dizaines d'années plus tard, Jean-Baptiste ressent toujours le malaise, la souffrance transmise par ce petit poisson poignardé dans la rivière tranquille.

Les tweets s'accumulent et parmi ceux-ci, celui de D4rkD4d4 : *OMG Marylin Monroe était la coloc de Sharon Tate! trop fort! et moi alors, c clair, Rosemary c ma daronne! gniark gniark!* Un tel message, outre le fait qu'il relance le dialogue, suscite une certaine estime de la part de JB, car il témoigne de la culture cinématographique et du sens de l'humour de l'auteur. Il faut, encore une fois, prendre le temps de la réflexion avant de poursuivre la discussion, de remettre une pièce dans le juke-box.

Mains occupées, esprit libéré. Armé d'un groët, Jean-Baptiste s'attaque aux petites pyramides de terreau disposées géométriquement sur le sol. Il entreprend d'étaler tout le compost en une couche régulière de quelques centimètres d'épaisseur, travail répétitif qui ne requiert pas une grande attention.

Daron, et maintenant daronne. Il semble que DarkDada a un ou des problèmes avec ses parents. Peut-être un père absent ou à l'inverse, trop présent, pesant, autoritaire. Puis, étrange référence-identification au bébé de Rosemary dans le film de Roman Polanski. Irruption de Satan. Figure du père diabolique? Deux actrices de génération différente, deux morts tragiques, le suicide de Marylin, l'assassinat de Sharon Tate, par la « Famille » de Charles Manson. Ensuite, mise en abyme; Sharon qui n'a pas eu le rôle « devient » réellement Rosemary. Que dit ce DarkDada cinéphile?

JB réfléchit en pataugeant dans le compost. Peut-on vraiment prendre au sérieux ce personnage mélodramatique, tantôt nihiliste avec ses bombes et son pseudo, tantôt plein d'humour sarcastique ? Finalement, cet avatar, Playmobil partagé entre méchanceté et bonhomie, le représente bien. Et dans la famille D4d4, qui est Marylin, au fait ? La grand-mère, bien sûr ! Ou le grand-père ! Jean-Baptiste éclate de rire, seul au milieu du jardin.

C'est le jour de ma naissance, le jour de ma mort. L'herbe a brûlé, *L'Herbe à brûler*, le titre d'un livre que tu m'as offert. La mère du narrateur vient de mourir et son âme vole ou plane ou se pose ici et là sur un meuble ou le dossier d'une chaise dans la pièce où est installé le cercueil. Je ne sais si elle est un oiseau entré par hasard et qui ne parvient pas à sortir ou si c'est un ectoplasme ailé apparu dans une dernière séance de spiritisme conjurateur. Je ne connais pas mon sort mais je ne crois pas être ni l'un ni l'autre. Toi, Jean-Baptiste, tu sais que je suis un ange. Tu me le chantes souvent. Tu ressembles à un ange, marches comme un ange, parles comme un ange mais tu t'arrêtes là. Tu ne chantes jamais la fin du refrain. Tu ne dis jamais que je porte un masque de démon. Je m'appelle Claire mais je peux m'appeler Angèle. C'est aussi bien. Tout n'a pas été détruit en moi. Un noyau est demeuré. Même si je ne m'entends pas, je suis poussée à parler. Le lien entre nous est ténu. Comme les ondes fossiles du Big Bang, les cailloux jetés dans les trous d'eau noire, la douleur ensevelie sous les différentes couches de papier peint. Derniers battements du cœur avant l'accident sur l'autoroute. Sois prudent, Jean-Baptiste !

Jean-Baptiste ne digère toujours pas ce qu'il a entendu pendant la rencontre littéraire organisée par la médiathèque de Torcy. Il sait bien, ne serait-ce qu'en raison de son nom, que l'eau c'est la vie. Pourquoi la terre serait-elle la mort ? Pourquoi établir ce genre de comparaisons entre les éléments ? Pourquoi cette hiérarchie ? Comme jardinier, il sait que la terre donne la vie en coopération avec l'eau, la chaleur et la lumière. Dans son esprit, il se sent terre et feu. Il voit Claire, en elle, l'air et l'eau. Ensemble, ils sont un univers. Ils étaient le monde jusqu'à ce qu'elle soit en terre. Dieu sait sur quels chemins invisibles erre son âme.

Ce n'est plus de son âge, ni de ses goûts mais le Ténébreux, le Veuf, l'Inconsolé se verrait bien absorber un de ces petits morceaux de buvard comme il s'en trouvait au début des années soixante-dix. Ainsi, peut-être rejoindrait-il son amour au milieu des chèvres qui dévalent de la montagne de Galaad, ou Claire *brillante comme le soleil, terrible comme les drapeaux en bataille.*

L'année suivant leur mariage, c'est Albert qui leur procure la première molécule d'acide synthétisée, coïncidence, par Albert Hofmann. De passage devant cette maison banale qu'il loue avec un groupe d'amis, dans un patelin proche de Béthune, le couple s'arrête pour saluer la « famille ». Le regard illuminé, Albert leur dit : « Jean-Baptiste et Claire, je vais vous offrir un cadeau spécial, quelque chose qui va vous faire un bien fou ! », et, sortant d'une boîte d'allumettes deux petits rectangles de papier quadrillé, après leur avoir demandé d'ouvrir la bouche, il les dépose sur leur langue. Tous deux avalent le buvard. La chaîne stéréo joue le nouvel album des Doors. Ils pourraient s'installer dans un des sofas défoncés qui garnissent le salon, mais Albert leur conseille de rentrer à la maison pour profiter au mieux des effets à venir du « cadeau. »

Au moment où il se gare pas très loin de chez eux, Jean-Baptiste a l'impression bizarre que ses pieds s'enfoncent dans le plancher de la 2 CV. Quand il le fait remarquer à Claire, avec un éclat de rire, elle dit : « Pour moi, c'est plutôt le contraire, je sens que je me décolle du siège. Essayons de garder l'air sérieux sur le trottoir. » De fait, il leur semble mettre un temps fou pour parcourir la vingtaine de mètres jusqu'à la porte d'entrée.

La boule japonaise diffuse une douce lumière rose, le disque de Soft Machine tourne à la vitesse de trente-trois révélations par minute sur la platine, un petit fagot d'encens au patchouli fume dans le brûle-parfum. Tout va bien. Les voyageurs sont confortablement installés sur des coussins moelleux. Les effets du buvard se sont accentués lentement pour atteindre maintenant un plafond, une vitesse de croisière. Un trip tranquille à la maison, en amoureux. Le cosmos à portée de neurone. Un rien les fait rire. Claire en a les maxillaires fatigués. Jean-Baptiste a régulièrement l'impression qu'une pince pouce-index lui serre légèrement la moelle épinière au niveau de la nuque. Rien de désagréable. Juste surprenant. Face à face, se tenant les mains, ils se regardent, plongent dans les éclats d'or tournoyant dans le trou noir de leurs pupilles dilatées. Illumination. Harmonie. Abolition du temps. Présent débordant de douceur. Couleurs chatoyantes.

Les voyageurs doivent néanmoins se sustenter. Le simple fait d'ouvrir la porte du frigo provoque une longue extase entrecoupée de rires. Boire un verre d'eau de Saint-Amand, déguster un yaourt à la cerise, croquer une gaufrette Rita ; le repas est une succession d'évènements gastronomiques réjouissants. On ne sait plus combien de fois ont défilé les quatre faces du double album de Soft Machine, parfois remplacées par *Are You Experienced* de Jimi Hendrix. Mais voici l'aube qui pointe à la fenêtre. Le soleil se lève à l'est en même temps que s'amorce la descente. Les héros sont fatigués. Il est l'heure d'aller se coucher. Se dénuder, se glisser dans les draps, s'enlacer, s'aimer, s'endormir. Bonne nuit, les petits !

Un sourire erre sur le visage ridé de Jean-Baptiste à mesure que sa mémoire ramène du passé l'évocation de ces purs moments de bonheur. Chimique, il est vrai ? Mais tout ce que nous absorbons n'est-il pas chimique ? Seules les idées, les pensées et les visions ne sont pas réductibles à des éléments du tableau de Mendeleïev, et aussi l'âme de Claire en cet instant.

L'idée l'effleure de questionner son mystérieux twitto. DarkDada, avec D comme dealer. Mais non, c'est impossible. Et ce serait ridicule. De toute façon, il ne croit plus aux paradis artificiels. Il préfère, selon ce proverbe arabe, les trois visions dont on ne se lasse jamais : femme qui danse, flamme qui bouge, eau qui coule.

J'avance sans bruit, pas chassés sur mes ballerines, glisse en musique sur le parquet verni, le long du miroir. Je porte des gants blancs et ma main gauche tient la rampe, la barre, m'empêche de tomber dans le vide. Le parquet devient de la glace. Le froid traverse mes ballerines. De temps en temps, un rayon de lumière m'éblouit. Là où le rayon frappe, la glace fond et fume en vapeur. C'est puissant mais je n'ai pas peur. Je sais que tu es derrière le miroir. Tu me vois danser mais tu n'entends pas la musique. C'est la musique de l'amour suprême, un air de louange surnaturelle. Nous aussi, Jean-Baptiste, nous avons connu l'élégance et l'exaltation. C'est la vérité. Nous sommes sur le même chemin. À la rencontre de l'amour suprême. Je suis ta femme et c'est une voix d'homme qui chante, qui répète. Cette voix accompagne la musique de louange, une musique de saxophone, une musique de piano, un rythme de contrebasse, un rythme de percussions. Comme un mantra, comme un refrain, comme une litanie, l'homme répète dix-neuf fois, je me souviens, autrefois, j'ai compté en écoutant le disque avec toi, il chante A Love Supreme A Love Supreme A Love Supreme A Love Supreme A Love Supreme A Love Supreme A Love Supreme A Love Supreme A Love Supreme A Love Supreme A Love Supreme A Love Supreme A Love Supreme A Love Supreme A Love Supreme A Love Supreme A Love Supreme A Love Supreme A Love Supreme

En 1976, au cinéma Art et Essai de Béthune, avec Claire, Jean-Baptiste voit le film que René Allio consacre à l'histoire de Pierre Rivière et s'intéresse de près à sa personnalité et à sa folie criminelle.

Ces derniers temps, l'échange de tweets avec DarkDada l'amène à comparer les destinées de ces deux personnages historiques, Charles Manson et Pierre Rivière. À priori, ils n'ont pas grand-chose en commun, d'autant que Manson, bien que responsable de plusieurs dizaines de meurtres n'a pas lui-même manié le couteau ou la serpe comme Rivière. Ils ont tous deux été condamnés à la peine capitale et y ont échappé, l'un parce que la cour suprême de Californie a voté l'abolition de la peine de mort pendant que lui et ses complices attendaient leur exécution, et l'autre parce que le roi Louis-Philippe l'a gracié, commuant sa peine en prison à vie, étant donné son aliénation mentale. Pierre Rivière se pendra dans sa cellule après avoir rédigé un mémoire complet de son crime, alors que Charles Manson, dont Jean-Baptiste pense qu'il fut l'un des fossoyeurs du mouvement hippie, mourra de vieillesse pendant son emprisonnement.

Ce qui frappe Jean-Baptiste, c'est que dans les deux affaires, une femme enceinte est massacrée, Sharon Tate, épouse de Roman Polanski, à Hollywood, et la propre mère de Pierre Rivière à Courvaudon. Crime dans le crime. Et dans le cas de Sharon Tate, cela arrive peu de temps après qu'elle ait failli jouer le rôle de Rosemary, enceinte du démon, dans le film tourné par son mari.

Pour avoir un point de vue original, Jean-Baptiste décide de relancer le ping-pong verbal en titillant le monsieur Sombres-Pensées qu'il s'est découvert sur twitter :

Rivière JB @R_JB_07 : *Cher monsieur DarkDada, si votre mère (la daronne) s'appelle Rosemary, est-il possible que le papa (le daron) soit monsieur Satan ?*

La réponse quasi-instantanée se poursuit en dialogue sur l'écran :

D4rkD4d4 @hijack.nada : *trop stylé Gibet ton tweet genre faire-part de naissance ça craint avec soufre et plastoche brûlé. mdrrrr*

Rivière JB @R_JB_07 : *Ici à la campagne, la bonne odeur, c'est le fumier.*

Manson, ça peut aussi vouloir dire «fils de l'homme».

D4rkD4d4 @hijack.nada : *OMG t'es pas papa ? avec un fiston en zonzon.*

chuis FDP Fils De Personne. G pas été fini à la pisse

Rivière JB @R_JB_07 : *Réponse à la question : Non.*

En avance sur l'époque; bientôt le meilleur des mondes, ni père ni mère. Que des machines!

Purin en pluie, c'est bon pour le compost.

D4rkD4d4 @hijack.nada : *lol. slt Gibet!!! je file sniper en ligne sur #ghostwarrior*

Un départ brusque qui ne choque pas Jean-Baptiste mais lui donne à penser que l'art de la conversation périclite, du moins sur twitter.

Le temps qui passe n'est pas suffisant. Même l'éternité. Le temps ne guérit presque rien. Baratin. La douleur du manque empire avec les années. Jean-Baptiste le vérifie chaque jour. Il a beau se protéger au mieux, éviter certains lieux, il finit toujours à un moment de la journée par se trouver de manière impromptue face à un objet, une image, un son, un parfum, une voix ou une couleur qui le frappe, qui le confronte au souvenir de Claire.

Quand il nage avec elle dans la rivière, il ne sait pas que ce moment de grâce et beauté lui reviendra augmenté d'une touche d'affliction quelques décennies plus tard.

Anémone sylvie, ficaire fausse renoncule, myosotis, cardamine hérissée… Claire lui fait connaître et reconnaître la flore des chemins et des sous-bois ; séquence qui déborde de sa mémoire et le bouleverse pendant une courte promenade avec Alpha aux alentours de la maison.

Le temps passé envahit son présent et colonise son futur. Aujourd'hui et demain, il est le héros de l'éternel retour. Au nord, au sud, à l'est, à l'ouest, rien de nouveau, rien, jamais. Il se sent comme un homme-musée. Partout, il emmène avec lui un cortège de souvenirs enchâssés dans la peine comme des scarabées prisonniers dans la norsodyne.

Les bûches pour l'hiver sont alignées en tas le long de la haie, petite muraille de rondins, analogue aux bouteilles rangées dans le cellier, ou les pommes de terre dans la cave à légumes. Pratiques issues de l'évolution, du passé de l'humanité, des époques où la mort vous saisit si vous n'avez pas de réserves. Pour Jean-Baptiste, le monde est plein de madeleines et de cattleyas, collection de traces d'amour, de fossiles de la joie.

Du fourrage pour les bêtes avant les grands froids.

Claire quitte la maison, quitte la clinique, quitte la vie, quitte la Terre. Celui qui l'aime ne veut quitter ni la vie ni la planète. Sinon il perd tout. Ce n'est pas la froide raison qui le guide. C'est la chaleur de l'amour infini qui l'anime, l'éclaire, une clé pour rester en vie, gardien, veilleur, protecteur des menus restes, restaurateur de tableaux. *La Jeune Fille à la perle. Le Baiser. Femme nue à sa toilette. La Nuit étoilée. Ophélie.* Il n'y touche pas pour l'instant mais Jean-Baptiste pense au carton à chaussures rempli de photos noir et blanc, aux rails de diapos couleurs dans leurs boîtes de plastique gris, aux fichiers jpeg dans les CD. Pour longtemps encore, la source des images se trouve dans sa tête, dans son esprit, étranges rêves épisodiques ou souvenirs précis défilant le jour ou la nuit sur l'écran noir de ses yeux fermés.

Ce tourbillon d'images charrie un mélange de plaisir nostalgique et de chagrin contenu qui marque sa vie à jamais. État d'esprit devenu habituel qui le maintient en éveil. À tel point que le reste, le monde et ses affaires, le spectacle de la marchandise triomphante, de la nouvelle nouveauté, de la croissance économique infinie, les péripéties minables de la faune médiatisée, la politique devenue politique du pire, tout cela lui devient indifférent, n'alimente plus sa révolte ancienne. Son stock de souvenirs, de satoris soudains et sacrés, lui suffit. Il peut, s'il le désire, se retirer du siècle. Le monde d'avant la mort de Claire offrait parfois un séjour radieux. Celui d'aujourd'hui se dégrade. L'idée de progrès s'est dissipée dans l'avidité du pouvoir, la « communication » souveraine et la consommation obligatoire. L'atmosphère urbaine devient littéralement irrespirable. Le regard de Jean-Baptiste est soudain bien sombre. *Dark Ages are coming.*

En fin de compte DarkDada est un pseudo approprié à l'époque. Et la langue de cet avatar est sans conteste un témoignage du changement. Quelle sera la suite ? Apocalypse. Antéchrist. Destruction. Renouveau. Décadence. Avènement. Invasion. Extinction. Résurgence. Nova. Antimatière. Trou noir.

Il me reste la parole. Les mots ensemble. Phrases plus ou moins longues. Je t'aime. Je ne suis plus dans la nature et ma densité a changé. Je ne te vois plus Jean-Baptiste. C'est une sorte d'intuition qui m'indique ce que tu fais. Peut-être trébuches-tu en te prenant le pied dans la rallonge électrique? Peut-être as-tu une quinte de toux avec des larmes dans les yeux en respirant la fumée de la cuisinière à bois quand tu l'allumes le matin par temps de brouillard? Peut-être qu'un microbe ou un virus se glisse dans ton corps en même temps que l'air, la nourriture ou la boisson? Les oiseaux sont encore là mais seulement avec des onomatopées en orthographe phonétique tsyip tsiep tsyip tsiep celui-là c'est ton préféré piii witt crouou spitivitt. Je ne les sauve pas de la griffe du chat. C'est l'apocalypse des oiseaux sous l'étoile de ceux qui ne sont pas nés. Moi non plus je ne suis pas sauvée. Je t'attends ou tu m'attends. Je suis liée. Indissoluble. J'ai perdu mon travail mais il me reste l'amour et la connaissance. Ce n'est pas absurde. La poésie l'art la contemplation. Je n'apprends plus rien ici. Toi tu n'es pas désespéré. Ton ironie s'est estompée pendant notre vie. Nous avons des parents différents mais notre enfance est la même. Il a bien fallu puisque ni toi ni moi n'avons pu avoir un petit.

La pratique des réseaux «sociaux» par Jean-Baptiste reste limitée. Il arrive sur twitter par hasard, l'ayant découvert sur les ordinateurs de la médiathèque de Torcy, et par jeu, à cause de cette limite des cent-quarante signes qui oblige à être bref. Facebook ne l'a jamais tenté, à cause du nom d'abord, ridicule à son oreille française, et surtout, il ne saurait ni se mêler à la foule innombrable des pratiquants, ni supporter le côté américaniste envahissant ; autant planter l'herbe aux goutteux ou la renouée du Japon dans son potager.

Même sur twitter, il ne recherche pas les abonnés et ne se sent pas obligé de rendre la politesse aux twittos qui le suivent. Assez souvent, après quelque temps, il masque les tweets de ses propres abonnements. Il est fidèle à des comptes aux contenus principalement poétiques ou musicaux. De temps à autre, dans le but d'étudier l'évolution du vocabulaire et de la langue en général, il s'attache à lire ce que les jeunes, lycéens ou autres, publient spontanément sur leur compte.

DarkDada et Rivière JB se suivent mutuellement, exposés aux regards de tous. Si des inconnus tentent d'intervenir dans la conversation, Jean-Baptiste a vite fait de les masquer et de les renvoyer, sans même qu'ils s'en rendent compte, au vide et au silence. Pratique assez hypocrite, mais garante de tranquillité.

Après une absence de plusieurs jours pendant lesquels il a entièrement sarclé et biné toutes les planches de légumes, éradiqué les ronces et les orties dans le bosquet, ramassé, scié et rangé tout le bois mort, le voici de retour dans le réseau. Le visage de Claire l'accueille sur l'écran. Moment de contemplation. Puis clic sur le Renard de feu et ensuite clic sur l'Oiseau bleu. Calme plat. Pas de nouvel abonné, aucun message. Il se lance :

Rivière JB @R_JB_07 : *« L'homme qui n'a pas de musique en lui :*
les émotions de son esprit sont tristes comme la nuit,
ses aspirations, sombres comme l'Érèbe.
Méfie-toi d'un tel homme. Écoute la musique. »
#Citation #Shakespeare

D4rkD4d4 @hijack.nada : *slt JB ! JB cé une marque de sky ? j'ai compris sauf l'Érèbe mais ça me ressemble c'est clair même dark. trop hâte du prochain concert de Shakespeare. en mode déprime j'écoute les morceaux en forme de « pear » ha ha*

Rivière JB @R_JB_07 : *Pas mal. Vous cachez bien votre « Je ». Anglophone et connaisseur d'Erik Satie. Respect ! Pour vous remercier, cette #citation de Satie : « Je suis venu au monde très jeune dans un monde très vieux. »*

Et pour la marque de «sky», je n'avale que du single malt tourbé.

D4rkD4d4 @hijack.nada : *trop nul. jsuis straight. zéro bibine et végane. jeune/vioque c'est tout connerie. des vieux qui s'envoient des nudes des jeunes vieux qui font des selfies c naze. faut les faire méditer avec le dalaï Lama. ça fra baisser leur bilan carbone*

Encore une fois, Claire l'accompagne dans un rêve. Il a rendez-vous avec elle dans un bar du côté de la gare d'Arras. Le mariage est pour bientôt. Il faut l'organiser. Il est en retard, ne trouve plus ses chaussures, se prend les pieds dans les jambes du pantalon, tombe sur le coin de la table. Du sang sourd de sa tête. La peur le prend. Une serviette nouée autour du crâne, il court sur les pavés luisants, voit les câbles et les caténaires de la voie ferrée au loin. Il est essoufflé, tousse et crache. L'entrée de la gare est encombrée. Des manifestants portent des pancartes. Jean-Baptiste se fraie un chemin dans la foule. Il voit son ami Albert portant un grand carton avec cette inscription en lettres rouges dégoulinantes *: « JE SUIS MORT. »* Il essaie de lui parler mais on le pousse et il le perd de vue. L'instant d'après, la porte s'ouvre brutalement et le voici projeté dans la salle des pas perdus. Personne ! Plus un bruit. Levant les yeux, il découvre une grande coupole ornée de peintures religieuses ; cela ressemble au Jugement dernier. Tournant sur lui-même de plus en plus vite, il perd l'équilibre et tombe une deuxième fois. Allongé sur le dos dans la gare vide, il entend un bruit de pas, un son d'escarpins résonnant sous la voûte colorée. Une silhouette se penche vers lui, s'agenouille, murmure à son oreille, chantonne « Love, love, love. Love, love, love. All you need is love! » C'est Claire. Ils sont ensemble dans le grand lit. Elle appuie la tête contre sa poitrine, prend sa main dans la sienne, chaleur, douceur. Ils font l'amour. En larmes, il se réveille. Seul.

Plus tard, dans la journée, après avoir suspendu les draps à sécher sur la corde à linge, Jean-Baptiste s'assoit sous le saule au bord de la rivière, se laisse hypnotiser par le courant continu et le bruit de l'eau qui s'*éco*ule, menu flot sur les cailloux. Alpha fourrage dans les roseaux et les touffes d'iris de la rive.

Le retraité se revoit en pension pendant ses études, et ensuite à la caserne, ces deux endroits où il a connu une forme de solitude au milieu d'autres humains. L'odeur caractéristique du ciroir de l'école, passage obligé avant de gagner le dortoir commun. Les mêmes senteurs de tabac, de cirage et de brillantine dans la sinistre chambrée. C'est là qu'il a appris à manipuler sans aide draps et couvertures, l'art de plier avec les deux mains et la pince du menton sur la poitrine, pour obtenir une symétrie parfaite dans la literie.

Ensuite, l'amour, la liberté, l'autonomie dans le couple, la vie quotidienne avec Claire, les travaux partagés, ménage et cuisine. L'émotion qui le saisit quand elle lui demande de l'aider à plier les draps. Ce qu'il faisait enfant, avec sa mère. Une répétition de ballet, danse contemporaine et prosaïque. Se faisant face, les partenaires manipulent le tissu, le tendent à quatre mains. Avec un bel ensemble, on fait tourner le drap dans le même sens, l'amenant d'une main dans l'autre, tout en plaçant soigneusement les deux côtés bord à bord. On recommence le mouvement deux fois. Puis vient le plus beau passage du duo. On tend à bout de bras une dernière fois l'ensemble convenablement plié et on s'avance l'un vers l'autre en se regardant et en levant le drap, bras tendus. Un moment d'immobilité, puis Claire saisit adroitement ce qui se trouve dans les mains de son mari et s'éloigne en terminant le pliage.

Jean-Baptiste ne sait pas si Pina Bausch ou Carolyn Carlson ont déjà utilisé cette séquence de gestes dans une de leurs chorégraphies. Il imagine que oui.

Pour toujours je suis ta défunte drapée dans un manteau bleu sombre comme le voile qui se dépose sur les paysages de la terre quand un soleil sanglant s'éteint à l'ouest. Dans la nuit privée d'étoiles, je glisse comme un fantôme espagnol. Personne ne me voit. Je ne me vois pas. Une épaisseur de silence m'a recouverte. Silence comme un mot qui n'est pas un mot. Le premier bébé que je berce dans mes bras et à qui je donne le biberon avec l'autorisation de Maman c'est mon petit frère Yves trois semaines après sa naissance. L'odeur du lait, de l'huile d'amande et du sénophile. Sa main qui serre mon petit doigt. Je n'ai pas bercé d'autre bébé, mais lui était là avec toi le jour de mon dernier voyage. Le chant du départ se mêle aux chants d'innocence, voilà mon expérience intérieure. Adieu la vie adieu l'amour adieu tous les hommes. Le temps me dévore. Il est insatiable. Mon dernier souffle est bien faible, c'est une chose qui n'est pas une chose. Ma vie n'a pas été vécue pour moi. Elle a existé pour que tu te souviennes. Jean-Baptiste, souviens-toi de moi ! Je t'en prie. Regarde-moi comme la petite sainte sculptée dans le marbre par Stefano Maderno, dépouille tragique et pitoyable écroulée dans sa robe de pierre blanche derrière la vitre sous l'autel de l'église *Sainte-Cécile-du-Trastevere*.

«Alors, monsieur Rivière, ça pousse?» Alpha aboie. Surpris et un peu contrarié, Jean-Baptiste se retourne, aperçoit au-dessus de la haie d'aubépine une tête couverte d'un béret. Le voisin! «Ah, c'est vous. Bonjour monsieur Leveau. Oui, ça pousse bien.» Alpha aboie de plus belle malgré les ordres de son maître. Impossible de s'entendre. Avortement de la conversation. Monsieur Leveau bat en retraite. Alpha cesse son vacarme et Jean-Baptiste pense qu'il faudra laisser grandir la haie. Ce n'est pas qu'il soit misanthrope, mais il tient à son intimité. Il n'aime pas qu'on lise par-dessus son épaule. Claire était bien plus affable que lui qui s'en tient à la simple politesse. En Ardèche, avec Justin Couderc, le vieux paysan et plus tard, à Béthune, avec leurs voisins, elle avait réussi à nouer des liens, sachant aussi passer d'un monde à l'autre, d'une parole soutenue à un langage familier. Elle aimait les gens.

Un sentiment de culpabilité s'insinue dans la conscience de Jean-Baptiste. Il enfile ses gants de jardinier. Muni d'un sécateur, il dépose un baiser sur ses plus belles roses avant de les couper pour en faire un bouquet odorant, un cadeau qu'il installe dans un vase sur la table de la cuisine.

Au début des années soixante-dix, le couple passe trois étés de suite chez leurs amis Paul et Brigitte à Sablières, entre Les Vans et Joyeuse. Ensemble, courageusement, ils retapent la bâtisse, réparant les gouttières sur les toits de lauzes, enduisant de mortier à la chaux l'intérieur des murs de pierre noircis par la fumée, posant du parquet sur les poutres de châtaignier, décapant des meubles crépis au jus de chique, coulant une dalle de béton armé au-dessus de la cave. Ils aménagent les abords, déracinant des sureaux, détruisant des ronciers, aménageant des escaliers. Ils amènent l'eau courante à partir d'une retenue plus haut dans le cours de la Drobie, une centaine de mètres de tuyau polyéthylène noir, serpentant dans les prés sous le soleil jusqu'à l'évier de pierre dans la cuisine. Ils créent une installation électrique.

La sueur coule tous les jours, le sang parfois, avec les écorchures, les coupures, des blessures légères. À la longue, les larmes viennent aussi, dues à la fatigue, à l'énervement, aux malentendus. En même temps que des aptitudes aux métiers du bâtiment, tous apprennent la vie en commun, le partage des tâches. Paul, propriétaire des lieux, a souvent une attitude de mâle dominant, autant avec Brigitte qu'avec Claire et Jean-Baptiste.

Heureusement, Claire possède cette faculté de désamorcer les crises, avec un mélange d'humour et de gentillesse. Elle réussit à brider la mauvaise humeur de Jean-Baptiste et à désarmer Paul en le faisant rire. Sauf au cours du dernier été là-bas, en août 1972.

À la belle saison, cette destination ardéchoise est tentante pour les jeunes gens du Nord. De là, ils peuvent descendre vers Avignon et la Côte d'Azur. Claire et Jean-Baptiste ont tellement parlé de Sablières et de cette maison des Cévennes que leur copain Albert s'est mis dans la tête de venir les voir, confirmant dans une lettre le jour et l'heure de son arrivée.

Dans l'après-midi, la 2 CV entreprend la montée vers la Lozère en direction de la gare de La Bastide-Puylaurent, une grosse heure de route. Albert attend devant la gare, debout à côté de son énorme sac à dos, une canette à la main. Installé à l'arrière de la voiture, il ne cesse de bavarder, racontant les détails de son voyage depuis le départ de la gare de Lille, finissant par se plaindre de la chaleur qui règne ici et maudissant le bruit des cigales. Claire et Jean-Baptiste réussissent quand même à lui parler de la maison et du couple qui les héberge, mentionnant à mots couverts le caractère soupe au lait de Paul.

Albert installe sa tente canadienne sur le pré devant la maison. Il ne l'a pas utilisée depuis Amougies. De grandes taches de moisi décoloré lui procurent une décoration de style hippie. Il s'en moque. Paul et Brigitte lui souhaitent la bienvenue. Claire remarque le regard d'Albert parcourant la silhouette de Brigitte dans son mini short.

La maîtresse de maison a préparé un couscous royal. Le repas du soir se déroule sur la terrasse. Les bouteilles de Sidi-Brahim défilent sur la table et dans les gosiers. La discussion tourne autour de la nourriture, du vin, de la musique. Le volume sonore des rires augmente. Albert revisite pour eux tous les zinzins auxquels il a participé cette année dans sa vie étudiante à Lille. Il parle librement aussi bien de ses conquêtes féminines que des beuveries du samedi soir. Paul enchaîne avec sa collection d'histoires lestes tout en caressant Brigitte qui se serre contre lui. Se levant de table, un peu titubant, Albert se dirige vers la tente, se vide la vessie dans le noir, puis fouille son sac à dos et en extirpe une bouteille qu'il ramène à table. Quand Claire voit l'étiquette « Genièvre de Houlle - Carte noire », elle envisage le pire.

Doucement, pendant qu'Albert débouche la bouteille, elle persuade un Jean-Baptiste déjà bien fatigué qu'elle voudrait aller se coucher et qu'il devrait en faire autant. Après une négociation rapide, il est d'accord mais seulement après avoir goûté le nectar offert par Albert. Quatre verres ballons apparaissent sur la table.

Sous les huées de leurs amis, Jean-Baptiste et Claire grimpent l'escalier vers la chambre d'amis qu'ils occupent. Et la fête continue sur la terrasse éclairée. Les papillons nocturnes zigzaguent près des lampes électriques. Le niveau de la bouteille descend. Bientôt, on entend le baryton de Paul entonnant le « De profundis morpionibus », puis en chœur avec Brigitte et Albert, « Domino minette ». Mais les deux amoureux les ignorent. Après un petit câlin minute, ils se sont endormis.

Au cœur de la nuit, des braillements inhumains les réveillent brutalement. Claire se précipite à la fenêtre de la chambre. Son regard descend vers le pré baigné par la lueur de la lune. Deux silhouettes s'empoignent violemment en criant près de la tente. Des mains et des pieds, Paul et Albert se battent, se tapent dessus. Les invectives fusent : « Salopard ! » « Espèce de cinglé ! » « Fumier ! » « Ordure ! » Claire ouvre la fenêtre et participe en criant : « Arrêtez-vous ! Taisez-vous ! Cessez de vous battre ! Vous êtes des malades ! » Surpris par le ton déchirant de cette voix venue d'en haut, les adversaires se calment. Paul s'éloigne avec une dernière sentence : « Demain, tu te barres d'ici, connard ! », à quoi Albert ne répond pas et se glisse derechef dans son abri. Que s'est-il passé ? Où est Brigitte ?

Paysage après la bataille. Ils apprennent la vérité dans la matinée.

Bien éméchés, Paul et Brigitte d'une part, Albert d'autre part, gagnent avec difficulté, les uns, leur lit, l'autre, son sac de couchage sous la tente. Paul s'écroule et quasi instantanément, des ronflements puissants et continus créent une barrière sonore infranchissable par la pauvre Brigitte qui ne peut s'endormir. Ce n'est sans doute pas une bonne idée, mais elle l'a dans la tête depuis quelques heures ; elle décide de rejoindre Albert sous la toile. Celui-ci accepte volontiers de partager sa couche. Un homme et une femme. Dans le cours de la nuit, Paul revient à la surface, constate un manque à ses côtés, réfléchit, pense aux histoires d'Albert, saisit sa torche et descend dans le pré. Résultats de la rencontre, un grand effroi pour l'une qui se terre dans la maison, un œil au beurre noir pour l'un, une forte douleur dans les testicules pour l'autre. Plus grave, Paul met toute la responsabilité de ce fiasco sur Jean-Baptiste et Claire qui n'auraient jamais dû inviter cet individu ici. Dans la journée, la 2 CV emmène Albert et son sac à dos à la gare d'Aubenas, direction Avignon. Et le surlendemain, c'est au tour de Jean-Baptiste et Claire de quitter Sablières, laissant leurs amis panser les blessures, physiques ou autres, de leur couple.

Après la pop anglo-saxonne et le jazz sous toutes ses formes, Jean-Baptiste et Claire découvrent la musique reggae et les chanteurs de la Jamaïque, propagateurs de la religion rastafari et de Marcus Garvey, son prophète. Bob Marley, Max Romeo, Ras Michael et bien d'autres les enthousiasment. Leur préféré est Burning Spear, pseudonyme de Winston Rodney. En 1978, son album *Social Living* tourne quasiment chaque jour sur le tourne-disque du salon. Accompagnant cette voix chaude pleine de compassion, Claire fredonne et se balance au rythme des tambours nyabinghi. Jean-Baptiste est ravi. Dans la discothèque, cette musique sacrée voisine avec *A Love Supreme* de John Coltrane et les chants grégoriens de l'abbaye de Solesmes.

Ces disques ont suivi Jean-Baptiste dans son déménagement à la campagne. Il n'a plus la platine pour les écouter, mais sur internet, tout est disponible. Le pire et le meilleur. Il pense «Vie sociale» en se connectant sur twitter. Il aurait pu s'y référer plus tôt, en montrant un visage souriant à monsieur Leveau.

Winston Rodney chantait : *Do you know social living is the best?* En 1978, on n'imaginait pas qu'une vie sociale virtuelle existerait, égale, voire supérieure à la vraie vie. Appuyant sur «Entrée», JB pense : «Place au simulacre!»

Rivière JB @R_JB_07 : *#Provocations Croyez-vous que la vie en société est la meilleure ? Existez-vous vraiment dans un réseau social électronique ? Peut-on planter un arbre sur twitter ? Pourquoi les paysans se suicident-ils ? Le matin, que regardez-vous d'abord : le ciel ou votre boîte mail ?*

D4rkD4d4 @hijack.nada : *OMG l'institut de sondage mais trop bien quoi. le matin ma life c'est en mode dodo/ le ciel j'y crois pas/ les TS c'est pas pour ma pomme*

Rivière JB @R_JB_07 : *J'additionne les solitudes. Un plus un plus. Marcher sur la terre, regarder le ciel, c'est la vie ordinaire.*

D4rkD4d4 @hijack.nada : *OK trop cool le Gibet là jcrois la rivière est à sec nada+nada+nada+nada+nada+nada+nada + na na na. on va chanter ptit dada noel et happy birthday mr president #RiverOfNoReturn*

Rivière JB @R_JB_07 : *Oh, mais c'est un tweet intéressant, cher DarkDada ! A propos de Marylin, Monroe, pas Manson, ma blonde, comme disent les Québécois, est partie. Il me reste les yeux pour pleurer. Recommandation pour les oreilles : Flow my Tears, de John Dowland.*

«Qui s'apprête à mourir doit semer le blé.» Jean-Baptiste n'a pas oublié ce dicton, lu avec Claire en 1992. Ces mots sont ceux de Karp Ossipovitch Lykov, un vieux croyant russe qui, pour échapper aux différentes persécutions, s'est réfugié avec sa famille dans la taïga, à l'écart du siècle, en totale autarcie, dans de rudes conditions, sans aucun contact avec le monde «moderne» pendant presque quarante ans. Les ermites seront découverts en 1978 par un groupe de géologues soviétiques. Le journaliste Vassili Peskov les a rencontrés au bord de la rivière Abakan et, au fil des années, a raconté leur histoire.

Le couple de Français qui a longtemps été tenté de s'installer en Ardèche en dehors de la société, est durablement impressionné par cette lecture, et surtout par le personnage d'Agafia, la plus jeune fille de la famille, née en 1944 et qui, après les disparitions successives de sa mère, de ses deux frères, de sa sœur, puis de son père, continue à vivre en solitaire au même endroit.

La maxime de Karp Ossipovitch ramène Jean-Baptiste à un épisode vécu avec son père dans un âge avancé, une scène qui suscite en lui un sentiment de honte, encore maintenant. Avec Claire, ils rendent visite à ses parents. En arrivant, Jean-Baptiste est surpris de voir le vieil homme creuser un trou, muni d'une bêche, d'une pioche et d'une pelle. Il travaille lentement mais régulièrement, mesurant son effort. Au lieu de lui proposer un coup de main, il demande : «C'est pour quoi, ce trou?» et son père lui répond : « C'est pour ce pommier, là, par terre, pour le planter. » Jean-Baptiste est surpris. Une réflexion instantanée lui vient à l'esprit : « C'est quoi, à son âge, cette idée de planter un arbre fruitier. Il ne goûtera même pas ses pommes. » Heureusement, il garde cette idée dans sa tête et dit : « Tu es bien courageux ! » Aujourd'hui, il sait qu'il ajouterait au moins un mot de remerciement pour les générations futures.

Tout cela remue en lui pendant qu'il roule vers la Belgique. Aire-sur-la-Lys, Hazebrouck, Steenvoorde, franchissement de la frontière à Callicanes et halte au village d'Abeele pour se réapprovisionner en bière à la ferme Cuvelier, trois casiers, Westmalle, Brugge Tripel et Hoogarden Grand Cru. Ensuite direction le mont Noir par Boeschepe, Berthen et Saint-Jans-Cappel, passage devant le parc Marguerite-Yourcenar et arrivée au mont Noir, côté Belgique, un petit Las Vegas dominant la plaine de Flandre. La foule se presse dans les débits de tabac et d'alcool, les restaurants, les jeux d'arcade, les magasins de décorations pour la maison. Jean-Baptiste se gare au bout de la rue principale devant les Pépinières du Mont Noir à flanc de coteau. La vue est superbe. Le pays s'étale sous ses yeux vers la mer du Nord, vers la Hollande. On aperçoit dans une légère brume le beffroi d'Ypres et la cathédrale Saint-Martin. Il prend son temps, arpente les allées, passe un long moment dans les serres. Il est venu tellement souvent ici avec Claire, lorsqu'elle voulait choisir des plantes d'intérieur ou offrir un arbuste à des amis. Il sort de là avec un petit arbre dans un conteneur de plastique noir qui rejoint les casiers de bière à l'arrière de la voiture.

C'est un ginkgo biloba. Qu'il pleuve, qu'il vente ou qu'il neige, il le transplantera dans son jardin le 23 octobre.

Deux parmi tes amis m'ont précédée ici, Pierrot
et Martin. Je ne connais que leurs prénoms.
Albert, c'est différent, je me souviens
de sa voix chaude, une voix comme cet acteur,
moustachu, mais élégant, bien plus qu'Albert.
Tu n'as jamais voulu me dire comment il est mort
notre ami. Un gros buveur cet homme-là.
Peut-être s'est-il jeté sous un train ?
Un accident de personne. Peut-être s'est-il jeté
à l'eau ? Comme ce poète roumain. J'oublie
les noms. Ils sont si nombreux, tous ces gens
qui sont passés dans notre vie. Ma mémoire
s'effiloche comme une traînée laissée par un
avion dans le ciel bleu. Je suis trahie par
la nature. Ma vie s'est retournée contre moi.
Je ne suis pas de bonne qualité. Mais tu ne peux
pas m'échanger. Non. C'est trop tard. Le temps
me relie à toi. L'espace m'éloigne. De toute
façon, je suis trop fatiguée pour résister,
empêcher mes atomes de se disperser dans le
cosmos. J'abandonne la lutte contre la pesanteur
du monde, la lourdeur de la logique. Pourtant
la durée de mon amour est sans commencement
ni fin. Une ligne de vie. Comme celles que
le jardinier trace dans la terre quand il sème.
Tu as toujours eu envie d'avoir un jardin,
de le créer à ta façon. Jean-Baptiste, je veux
dormir dans ton jardin, m'allonger avec toi
dans le muguet et la mélisse. J'entends un bruit
d'eau, c'est la source, la source de l'amour.
Sur la Terre, c'est bientôt l'automne.
Les feuilles jaunissent. Encore une fois,
le soir va tomber sur notre vie. Ainsi soit-il.

Ce lundi matin, un panier à la main, Jean-Baptiste sonne chez ses voisins. Un carillon reproduisant la sonnerie de Big Ben retentit dans les profondeurs de la maison. Au bout d'un moment, un pas traînant se fait entendre et Léontine Leveau, la tête couverte de bigoudis vaguement dissimulés sous un foulard, entrouvre la porte.

« Ah, c'est vous, monsieur Rivière ! Excusez mon allure. Tout va bien ?

– Oui, bonjour madame, c'est moi qui suis désolé de vous déranger. Il est sans doute trop tôt. Je vous apporte quelques courgettes de mon jardin.

– Oh, comme c'est gentil ! Entrez donc ! Ne faites pas attention, le ménage n'est pas fait, dit-elle en précédant Jean-Baptiste dans la cuisine. Asseyez-vous, je vais vous servir une tasse de café. »

Il dépose son panier sur la toile cirée de la table et en sort les courgettes, deux grosses et trois petites.

« Merci beaucoup. Elles sont belles, on dirait une petite famille, maman, papa et les enfants ! Est-ce que votre prenez du lait dans votre café ? Du sucre ?

– Merci, je le prends noir, nature. C'est la pleine saison et le jardin donne bien cette année. Tout seul, je n'arrive pas à manger toute la production. J'ai pensé que je pouvais en offrir. Je ne vais pas les vendre ou les laisser pourrir, ce serait dommage. »

La veille encore, il était plutôt indifférent à son voisinage, mais ce matin, en faisant le tour du jardin, pourquoi a-t-il eu cette idée ? L'influence surnaturelle de Claire, est-ce possible ? L'évidence que les « conversations » avec DarkDada n'étaient pas réellement réelles ? Un pesant sentiment de solitude ? L'impression d'être « inutile » ? Et le voici, assis sur le bord d'une chaise paillée, buvant le café de madame Leveau qui est restée debout et le regarde en souriant.

« Vous avez un beau jardin. Et un beau chien. C'est une compagnie. Mon mari n'aime pas les chiens. Mais on a un chat. Roux ! C'est son nom. Il est roux.

– Moi aussi. Je veux dire, je suis roux. Enfin, dans ma jeunesse. Avec l'âge, mes cheveux ont foncé, et maintenant, ils sont gris. J'en ai aussi perdu pas mal ! Si je me laissais pousser la barbe, le roux se verrait encore. Mais ma femme me préfère -me préférait- rasé de près, sans barbe ni moustache. »

Bruit de bottes et reniflement dans le couloir. Jérôme Leveau entre et salue Jean-Baptiste en lui serrant la main. Puis il s'adresse à sa femme : « Rien du tout, même pas une touche. Pourtant, j'avais amorcé, et accroché un beau ver de fumier à l'hameçon. Les poissons n'ont pas faim ce matin. » Il se tourne vers le visiteur : « Avec un nom comme le vôtre, est-ce que vous êtes pêcheur, monsieur Rivière ? »

Évidemment, ainsi apostrophé, il répond négativement à la question. Il ne serait pas judicieux de vouloir expliquer au retraité amateur de pêche en rivière qu'il n'est pas pêcheur, mais que, dans un autre sens, il se sent sûrement pécheur.

Au moins pécheur par orgueil. C'est ainsi qu'il se considérait avant cette visite et ce modeste don de cucurbitacées. À son tour de sourire comme madame Leveau, en racontant au chien la rencontre avec le mari caniphobe, friand de poissons d'eau douce et propriétaire d'un chat rouquin. Qu'en penses-tu, Alpha ? Et toi, mon amour, toi, Claire, qui n'aimais pas beaucoup les moustaches ?

Voilà ce qui est difficile à vivre. L'impossibilité de raconter les évènements de la journée à quelqu'un, en toute confiance. Toute cette masse d'anecdotes remplit la tête, tourne en rond, obscurcit la pensée. On se parle à soi-même. Certains s'inventent un interlocuteur. Il existe même des robots avec qui on peut dialoguer. L'horreur technicienne. Voyage au bout de la bêtise. À l'inverse, Jean-Baptiste pense encore à cette femme, seule dans la forêt, pendant des années. Agafia disant : « La vraie foi est dans les bois. » Ainsi, toujours en Russie, le peuple Mari, vivant sur les bords de la Volga, pratiquant encore l'animisme, et pour qui les grands arbres demeurent des divinités bienfaisantes.

Cela peut paraître irrationnel mais aujourd'hui, la science elle-même est devenue un objet de croyance. On imagine améliorer l'état de la planète en apportant toujours davantage de technique, en continuant de promouvoir une croissance indéfinie. Guérir le mal par le mal ! Oh, comme Jean-Baptiste Rivière aimerait encore parler de toutes ces questions avec Claire ! Comment l'homme au cours des âges est passé d'une foi aveugle à une foi justifiée, puis ensuite à un mode de vie moderne uniquement fondé sur la raison, qu'on a fini par déstructurer, déconstruire, pour en arriver à ce monde postmoderne où l'individu atomisé, sans passé, sans futur, n'a quasiment plus ni foi ni raison, est réduit à n'être qu'un jouet, et souvent un esclave, entre les mains des puissances financières, des médias de masse, des idéologues et des faux prophètes. N'existe-t-il pas d'autres moyens de connaissance que la science et la logique ? Oui, vraiment, impossible de discuter de ces problèmes avec un chien ou un robot. Peut-être, avec ses voisins ? Ou avec ses morts ? Faire comme Diogène cherchant un homme. Mais n'est-il pas trop tard quand l'humanisme est sur une pente qui risque de le transformer en son contraire, l'inhumanisme ?

En route vers Torcy, le conducteur dévore le paysage des yeux, les silhouettes des arbres, saules, tilleuls, bouleaux et peupliers se détachant sur l'horizon gris, bleu ou rose, devant lui, et de chaque côté de la route.

Dans la descente avant d'arriver, il distingue au loin la ligne sinueuse des monts de Flandre, de gauche à droite : Cassel, le mont des Récollets, le mont des Cats et son abbaye, le mont Noir et le mont Kemmel.

Il pense à Van Gogh, aux frères Van Eyck, à Verlaine et Rimbaud, à tous ces artistes, peintres, poètes, compositeurs, qui ont créé de la beauté, qui ont chanté l'amour et la révolte. Oui, sans aucun doute, l'art est un autre moyen de connaître la vie et le cosmos.

Quand il entre dans la médiathèque, il a conscience de toute la connaissance accumulée dans ce lieu. Il sait aussi qu'un lecteur optique enregistre ses données personnelles et que des puces RFID sont en action. Toute cette technologie ne l'empêche pas de rester humain. Même s'il est seul, il recommence à se sentir solidaire de maintes personnes vivantes ou disparues. Il pensait au « retrait » mais il constate la réalité de ce balancement continu entre « être dans le monde » et « se retirer du monde », une courbe sinusoïdale !

Après une longue errance dans les rayons, Jean-Baptiste sort de la médiathèque avec trois emprunts satisfaisants, un grand livre de reproductions de peintures symbolistes, notamment celles de Gustave Moreau et d'Odilon Redon, un recueil de poèmes de Germain Nouveau et un coffret de cinq CD, *L'Œuvre pour piano* de Claude Debussy.

Nourriture pour la pensée.

Rivière JB @R_JB_07 : *Il pleut sur la rivière et c'est comme peindre en blanc une feuille blanche.*

D4rkD4d4 @hijack.nada : *Black is Black*
A AA AAA AAAA AAAAA AAAAAAA AAAAAAAAA ANARCHY LOL JB

Rivière JB @R_JB_07 : *Mars, c'est un point rouge en dessous d'Orion. Planète sanglante. Une chanson de David Bowie. Un film de John Carpenter.*

D4rkD4d4 @hijack.nada : *trop bien mon Gibet.* Life on Mars/Ghosts of Mars. *viens m'attaquer genre sur Ghost Warrior*

Rivière JB @R_JB_07 : *Jeune présomptueux ! Je crains que vos jours ne soient déjà comptés. L'apocalypse au sens littéral de « dévoilement » est pour bientôt. C'est dit.*

D4rkD4d4 @hijack.nada : *zyva coulez mes larmes coulez mes larmes /// touché coulé*

Rivière JB @R_JB_07 : *Ici l'ombre, les Français parlent en français.*
Là sous mes yeux, une page à dominante dorée, peinte par Gustave Moreau en 1875. Hérode, Hérodiade, Salomé, le bourreau et l'Apparition : la tête coupée de Jean-Baptiste.

D4rkD4d4 @hijack.nada : *ça je connais. G lu à rebours au lycée. Des Esseintes, méga super critique. Symbolisme et compagnie. toulmonde kiffe*

Rivière JB @R_JB_07 : *Vous m'en voyez ravi, Maître DarkDada. Ainsi donc, messieurs Moreau et Huysmans font un pas de deux sur le réseau social de l'oiseau bleu. Ne me dites pas que nous vivons une époque décadente. C'est plutôt la plénitude des temps.*

D4rkD4d4 @hijack.nada : *A⁺ JB !*

Rivière JB @R_JB_07 : *A⁺ DD !*

Après cette réjouissante conversation virtuelle, et pour en accroître le plaisant écho, Jean-Baptiste reprend sa contemplation des œuvres symbolistes, tournant délicatement les pages de l'imagier tandis que le piano d'Alain Planès jouant Debussy résonne dans le salon. Indifférent à la musique, Alpha dort dans son panier. Dans un carnet, Jean-Baptiste copie ses titres préférés et cette liste devient un poème tout fait. Il est ému quand il écrit l'un après l'autre plusieurs intitulés qui s'appliquent à son amoureuse en allée.

Le vent dans la plaine
Les sons et les parfums tournent dans l'air du soir
Des pas sur la neige
La fille aux cheveux de lin
La cathédrale engloutie
Feuilles mortes
Les fées sont d'exquises danseuses
La terrasse des audiences du clair de lune
Reflets dans l'eau
Cloches à travers les feuilles
Poissons d'or
Jardins sous la pluie
Pour que la nuit soit propice
Pour remercier la pluie du matin
Les soirs illuminés par l'ardeur du charbon

Le thème de la pluie le touche particulièrement, le ramène vers un lointain été avec Claire, non plus en Ardèche, mais sur les rives de la Dordogne, rivière du pays de l'homme. Pour la semaine, ils louent un bungalow au bord de l'eau avec vue sur le château de Beynac. Le flot est rapide et puissant. On s'arc-boute des mollets pour ne pas être renversé sur les galets qui tapissent le fond. Ils préfèrent nager ailleurs, dans l'eau tiède d'une proche gravière, au milieu des renoncules aquatiques qui leur caressent le ventre et les jambes. Après la baignade, ils se douchent, enfilent des vêtements légers et s'installent sur la terrasse du bungalow pour lire. Ils ont emmené les dix romans de Maj Sjöwall et Per Wahlöö. Avant leur départ de Béthune, Claire a lu *Roseanna*, le premier de la série. Ainsi, ils peuvent tous deux suivre les enquêtes de Martin Beck et du bureau des homicides dans l'ordre de parution.

C'est une chaude journée d'été. En fin d'après-midi, le ciel se voile légèrement et on entend les premiers roulements lointains de l'orage qui s'annonce. Bientôt, de grosses gouttes frappent l'eau de la rivière devant la terrasse. L'air moite est chargé d'électricité. Claire se lève la première et s'avance dans l'encadrement de la baie grande ouverte. Jean-Baptiste la suit des yeux. L'orage gronde plus fort. Un premier éclair jaillit. Les galets et le sable de la terrasse semblent fumer sous l'averse. L'air ambiant est saturé d'une odeur quasi animale. Jean-Baptiste rejoint Claire sous le porche. Tous deux regardent en silence le rideau de pluie qui tombe à gros bouillons sur la rivière tandis que des éclairs déchirent le ciel dans un bruit de bombardement.

Alors, les corps se touchent. Les mains caressent, pressent, saisissent. Les doigts glissent, écartent, soulèvent, ouvrent les étoffes. Les bouches se cherchent. Langues mêlées. Faibles gémissements couverts par les coups de tonnerre. Elle se courbe. Il s'agenouille. Les voici sous la pluie. L'eau ruisselle dans la lingerie, se mêle aux fluides corporels. Les deux êtres n'en forment plus qu'un, roulant sur lui-même dans le sable, se transformant en créature fantastique, boule d'amour, de chevelures, de membres, bouches et sexes animés de mouvements à la fois doux et furieux dans la lumière tombant du ciel sur les vagues mousseuses de la rivière avec les craquements répétés, les collisions monstrueuses des nuages déchaînés, exultant jusqu'à l'apothéose d'un sauvage hurlement, cri d'amour poussé à l'unisson.

Pour fêter le trentenaire de leur mariage et le changement de siècle, Claire et Jean-Baptiste, amoureux de longue conservation, s'envolent pour Rome. Atterrissage à Fiumicino en début d'après-midi. Le bus-navette de l'aéroport les dépose Gare Termini. Avec leurs valises, ils descendent la Via Cavour jusqu'au quartier de Monti. Le studio, loué par correspondance, est situé Via degli Zingari. De nombreux sites historiques sont accessibles à pied ; quant aux autres, à partir de la Piazza Venezia, ils trouveront toujours une ligne de bus pour s'en approcher.

C'est Claire qui s'est occupée de la réservation. Elle a choisi cet endroit pour sa situation au centre-ville, et à cause de la présence proche de l'église Sainte-Marie-aux-Monts où repose une figure de son enfance dans le Pas-de-Calais en la personne de Benoît-Joseph Labre.

Au long de cette semaine, chaque jour, ils se déplacent en essayant de suivre un agenda établi avant leur départ. Ils visitent entre autres le Colisée, San Pietro in Vincoli, la place et la basilique Saint-Pierre, les musées du Vatican, la Piazza di Spagna et les escaliers de la Trinité des Monts, les jardins de statues au pied de la Villa Médicis, la Piazza del Popolo, le Quirinal…

Dans la basilique Sainte-Marie-Majeure, assis sur un banc, tout en détaillant les fresques de la coupole, ils assistent à une répétition de chants en latin et en italien.

Teatro di Marcello, dans les ruines, Claire photographie les chats de Rome qui s'y donnent rendez-vous.

Fontaine de Trevi, elle formule son vœu, en jetant par-dessus l'épaule, une pièce de monnaie dans l'eau. Parmi la foule qui se presse autour de la célèbre fontaine, une jeune américaine souriante s'approche d'eux et déclare tout de go : "I can see. You guys, are true lovers."

Sur un banc, devant le Forum romain, équipé d'un porte-harmonica, un jeune homme aux cheveux longs, chemise à fleurs et bottes de cow-boy, chante en s'accompagnant à la guitare : "How many roads must a man walk down before you call him a man?" Voyage dans le temps pour le couple de touristes français qui s'arrête pour l'écouter et reprennent avec lui le refrain "The answer, my friend, is blowin' in the wind."

Ils passent toute une journée à se promener dans les ruelles du Trastevere où, sur un marché, Jean-Baptiste offre à Claire une bague ronde en verre de Murano. L'après-midi, ils visitent la basilique Sainte-Cécile et leur cœur se serre devant la modeste statue représentant le cadavre de la jeune martyre recroquevillée sur le côté.

Les voici marchant main dans la main dans le sentier qui longe le Tibre. De l'autre côté du fleuve, sur le Campo de' Fiori, Claire photographie son mari au pied de la sombre statue de Giordano Bruno, le révélateur du cosmos qui paya de sa vie ses idées novatrices sur la nature de l'univers.

En fin d'après-midi, quand ils rentrent dans leur quartier, ils ne manquent pas de faire un long arrêt dégustation de glaces dans une gelateria de la rue des Serpents. Via dei Serpenti, c'est là qu'est mort Benoît-Joseph Labre, devant la boutique du boucher Zaccarelli. Une plaque gravée en porte le souvenir :

IN QUESTA CASA
PORTATOVI MORANTE DALLA VICINA CHIESA
DELLA MADONNA DEI MONTI
IL 16 APRILE 1783
SPIRAVA
San BENEDETTO GIUSEPPE LABRE
MIRACOLO DI CARITA ET DI PENITENZA
APOSTOLICO PELLEGRINO
AI MAGGIORI SANTUARI D EUROPA
NEL 2° CENTENARIO DELLA NASCITA : AMETTES/
BOULOGNE
26 MARZO 1748

Le lendemain après-midi, les vacanciers entrent dans l'église Sainte-Marie-aux-Monts. C'est là dans le transept gauche que, quelques jours après sa mort en avril 1783, les maçons ont creusé le tombeau de Benoît. Le gisant sculpté qui le représente y sera installé en 1892 après sa canonisation. Derrière la vitre qui le protège, s'amoncelle une quantité de petits papiers blancs pliés en quatre, glissés là par les pèlerins.

Jean-Baptiste et Claire restent un moment silencieux devant l'autel, détaillant le grand tableau qui représente le saint mendiant, né dans un village de l'Artois et mort à Rome après avoir parcouru à pied de nombreux pays.

Sortant de l'église, ils remontent la Via dei Serpenti jusqu'à la supérette pour les provisions. Ce soir, pas de restaurant, on cuisine à la maison. *Risotto ai funghi.*

Pendant que Jean-Baptiste nettoie soigneusement les cèpes et les coupe en petits morceaux, Claire épluche l'oignon et le fait fondre avec du persil haché dans une casserole où elle a versé l'huile d'olive.

« Dis-moi, chérie. Comment tu as fait la connaissance de Benedetto-Giuseppe ?

– J'en ai entendu parler toute jeune. C'est normal. Mon village n'est pas loin d'Amettes et tous les ans, au mois de septembre, il y a un pèlerinage organisé avec une messe en plein air devant la maison de la famille Labre. Elle existe toujours en bas d'une grande pâture en pente. J'y allais avec ma grand-mère en vélo. On peut visiter la maison. Elle est quasiment vide. C'est tout petit. Ils étaient quinze enfants et lui, c'était l'aîné.

– Mais pourquoi s'en aller de chez lui ? Pourquoi venir à Rome ?

– En fait, c'était un enfant très pieux. En grandissant, il a voulu devenir moine. Il a essayé plusieurs fois mais il a toujours été refusé. Je crois qu'il n'était pas doué pour les études. En fin de compte, il a décidé que son monastère, ce serait tout simplement la route et un jour, il a annoncé à ses parents qu'il partait pour Rome. À pied. En passant par la Suisse et l'Espagne et la Provence parce qu'il voulait visiter tous les sanctuaires sur sa route. Il a dû faire comme ça plusieurs milliers de kilomètres.

– Un vrai beatnik. Avec deux cents ans d'avance. Le Jack Kerouac du Pas-de-Calais. Les champignons sont prêts. Je les amène ?

– Oui, ajoute-les dans la casserole, ça doit dorer cinq minutes. Tu sais, Benoît Labre est aussi dans la littérature, mais pas en tant que patron des routards. Plutôt à cause de Verlaine qui a écrit un sonnet en son honneur et qui l'a fait connaître à Germain Nouveau. D'ailleurs, tous les deux sont venus ensemble à Amettes visiter la maison. C'était après la sortie de prison de Verlaine quand il avait été condamné pour avoir tiré sur Rimbaud. Note bien que Germain Nouveau a été aussi pendant un moment le petit ami de Rimbaud.

– Quelle histoire ! Tu en sais des choses sur les turpitudes des poètes. Eux n'étaient pas des saints !

– Voilà, maintenant on peut ajouter le riz. Vas-y, prends le relais. Il faut bien mélanger. Je vais déboucher la bouteille de Vernaccia.

– Bonne idée, la poésie et le vin, ça va bien ensemble.

– Ah zut, on a oublié de préparer le bouillon. Je m'en occupe, le Vernaccia attendra un peu. Il y aussi André Breton qui rend hommage à Benoît. C'est dans son *Anthologie de l'humour noir.* À un moment, il l'appelle « Le mendiant étincelant, le saint à la couronne de vermine. »

– Beurk, faut pas être dégoûté. Il était aussi crade que ça ?

– Tu vois comment sont parfois les clochards dans le métro. Lui, il a vagabondé et mendié toute sa vie. C'est sûr que la propreté n'était pas sa première préoccupation. Ajoute un peu de sel. Le bouillon est prêt, on va pouvoir commencer à cuire. Je verse petit à petit et toi, tu tournes. Toujours dans le même sens. »

Quand le riz est cuit, ils ajoutent une noix de beurre, un peu de crème fraîche et deux cuillerées à soupe de parmesan râpé. On mélange rapidement. À table !

C'est fameux. Un vrai délice. Pendant le repas, maintenant qu'elle est lancée sur son petit saint d'Amettes, le rose aux joues, Claire continue de parler. Jean-Baptiste la regarde, admiratif. Il faut reconnaître sa capacité de persuasion quand elle présente ce jeune homme qui, en plein milieu du siècle des Lumières, à l'époque de la bourgeoisie triomphante, des débuts du machinisme, du règne de la propriété privée et de l'apparition de l'hygiène, fonde toute sa vie sur la pauvreté, l'oisiveté, la crasse, le vagabondage, la charité et l'amour de Dieu. Difficile d'être plus anticonformiste. À ce moment, venus d'un autre lieu et d'une autre époque, Agafia et sa famille dans la taïga s'invitent dans la conversation.

Certains peuvent voir dans ce mysticisme exacerbé un problème mental, un dérèglement. Fol en Christ ! Mais la pauvreté radicale est-elle plus dangereuse que l'avidité et la richesse excessive de ceux qui détruisent la Terre ?

Vers la fin de leur séjour romain, Claire avait souhaité revoir le Colisée. Elle avait appris que c'était là, dans ces ruines, que Benoît passait la nuit, deux siècles auparavant. Ils en avaient lentement fait un dernier tour, baignés par le soleil couchant.

Le jour de leur départ, avant de faire sa valise, elle s'était levée tôt et, pendant que Jean-Baptiste dormait encore, était retournée à Santa-Maria ai Monti pour glisser son message derrière la vitrine du gisant, où il avait rejoint la multitude des autres prières anonymes.

Dans l'avion du retour, ils étaient tellement heureux de ce séjour, ils avaient tant apprécié la beauté de cette ville dont il leur restait encore beaucoup d'endroits à découvrir, et l'on pouvait ajouter au tableau d'honneur, la gentillesse de ses habitants et leur merveilleuse cuisine, que Jean-Baptiste avait proposé d'y revenir dès que leurs économies le permettraient.

Rivière sans retour, je n'en veux pas. Je suis dans un cycle. Comme une goutte d'eau, un nuage, un rayon de mon soleil. «Claire est dans l'escalier.» Elle s'évapore et elle revient. Mon corps se décompose lentement en carbone en hydrogène en oxygène en azote. Respire-moi, Jean-Baptiste. Tu m'absorbes. Je suis dans l'air. Regarde les paysages que j'ai photographiés. Touche les ailes des anges dans ton jardin. Retourne à Rome. Notre dernier voyage. Je le sais aujourd'hui. Je le pressentais. Ville éternelle, mais c'est ici que j'arrête, là que je descends. En jetant une pièce dans l'eau de la fontaine, je me suis noyée. Au fond. Je m'en doutais. Un murmure constant vibre dans mes osselets comme le bruit d'une foule cachée qui défile lentement devant moi en traînant les pieds dans la poussière accumulée, les moutons éparpillés sous le sommier de mon lit de petite fille. D'où viennent-ils ? C'est l'usure des choses, des copeaux, de la charpie, de la sciure et de la limaille, des plumes et des poils, des épluchures de toutes les couleurs. Une grande pyramide, un tas d'os et de crânes peints, ça clignote rouge vert, noir blanc, violet jaune, bleu orange. J'ai soif. Langue buvard. Ongles griffes. Pieds sabots. Touffe buisson. Cheveux tombés. Seins mutilés. Sang pourri. Mais mon âme, mon amour, mon âme t'aime à jamais. Elle te parle, te révèle ce que tu ne sais pas. C'est écrit. C'est un cri. J'ai déposé le courrier dans la boîte en verre. J'attends la réponse.

Depuis plusieurs jours qu'il a feuilleté ce livre, *La nuit remue*, les noms et les visages de Julien et Marie-Thérèse Poirier circulent dans les pensées de Jean-Baptiste. Ils font partie de ces rares personnes à qui il ait jamais parlé de Claire. Et encore, bien peu et longtemps après le drame. Jusqu'à cette première visite récente chez eux, comment a-t-il pu les laisser ainsi dans l'ignorance, alors même qu'il croisait de temps à autre Julien Poirier dans les allées d'Emmaüs ? Complètement refermé sur sa douleur, sur l'intimité de sa peine, il ne pouvait la partager, il n'imaginait pas la faire supporter à quiconque.

Il se décide. Cette fois, il prévient par téléphone avant de se mettre en route.

Rien n'a changé à Lozinghem, chez les Poirier. Toujours autant de branches et de feuillages obscurcissant le salon, toujours autant de livres entassés sur les rayonnages. Marie-Thérèse Poirier met en suspens la solution finale de l'enquête de l'inspecteur Derrick pour accueillir le visiteur. Pendant qu'ils prennent le café, Jean-Baptiste leur donne des précisions sur la maladie de Claire, les circonstances, l'évolution, les traitements, l'issue fatale, les funérailles. Il parle plus difficilement de son état d'esprit pendant les premières années, s'anime davantage quand il évoque son départ de Béthune, son installation à la campagne. Il s'excuse également de ne pas les avoir avertis de la mort de Claire.

« Monsieur Rivière, vous êtes courageux. Nous pensons aussi à votre défunte. Merci de nous avoir parlé d'elle et de votre peine. Si nous pouvons faire quoi que ce soit pour vous aider…

– Je vous en prie. Je vais mieux et j'ai d'ailleurs une proposition à vous faire. En fait c'est moi qui ai envie de vous aider.

– Vraiment ?

– Oui, voyez-vous, j'ai beaucoup de temps libre et un grand besoin d'exercice physique. Alors, si vous en êtes d'accord, j'aimerais éclaircir votre jardin et rendre un peu de lumière à votre salon. J'ai le matériel et les compétences. Simplement élaguer quelques arbres, supprimer les ronces, les églantiers, tailler la haie, faucher les orties, les chardons. Gracieusement, bien sûr. Qu'en dites-vous ? »

Madame Poirier sourit largement. Assez facilement, Jean-Baptiste vient à bout des réticences de Julien Poirier. Il devra juste accepter des livres en guise de dédommagement pour son travail. Après quoi, retour au policier allemand pour madame qui redémarre l'antique magnétoscope tandis que monsieur l'emmène dans son antre de bibliophile pour une discussion littéraire au cours de laquelle, étant donné son passage récent à la médiathèque, Jean-Baptiste a l'occasion de briller en parlant de Germain Nouveau et de sa « Doctrine de l'amour. »

Retour au village muni d'une nouvelle pile de « Série noire » et d'un nouveau statut !

Dans la petite maison de Béthune, les souvenirs du séjour à Rome restent vivants et présents à l'esprit pendant plusieurs semaines. Ensuite, Claire fait faire les tirages papier de ses photos et crée un album. Jean-Baptiste ne se lasse pas de le feuilleter. Même si on ne voit pas beaucoup Claire, pour lui, elle est présente sur toutes les images. C'est elle qui a choisi le sujet, le cadrage, la lumière. Il la voit opérer les réglages, visage sérieux, lèvres serrées. Elle se détend immédiatement après le déclenchement. Jean-Baptiste lui a parfois emprunté l'appareil, qu'elle apparaisse aussi dans les archives. Il s'attarde sur le portrait qu'il a fait d'elle à la fontaine de Trévi, quand elle lance cette pièce de monnaie par-dessus son épaule.

Un soir du mois de mars, alors qu'ils sont tous deux plongés dans l'intrigue de leur roman noir, Claire pousse un petit cri de douleur, se redresse et se frotte le dos d'une main et le ventre de l'autre. Que se passe-t-il ? Ce n'est pas grave, c'est la fatigue. Comment ça, la fatigue. On peut avoir mal au dos, mais, au ventre en même temps, c'est bizarre. Claire, il faut prendre un rendez-vous chez madame Bonnet. Et j'ai l'impression que tu as maigri. Non, tu crois ?

La douleur revient pendant la nuit. Claire ne tergiverse pas, se rend chez leur médecin. Madame Bonnet prend sa tension, écoute les battements de son cœur et sa respiration, puis la fait allonger pour lui palper le ventre. Encore quelques questions à la patiente qui donne des réponses précises sans la moindre hésitation. Il faudra une analyse de sang et une radiographie de l'abdomen et du dos pour établir un diagnostic valable. La doctoresse décroche son téléphone et prend elle-même les deux rendez-vous pour Claire. Elle se montre rassurante et, dans l'immédiat, lui prescrit des analgésiques.

Ce soir-là, ils s'allongent pour la nuit, se serrent l'un contre l'autre, la tête pleine de pensées sinistres. Claire chuchote dans l'oreille de Jean-Baptiste. « Ne sois pas inquiet, mon amour. » Il lui touche le visage, ferme les yeux et finit par s'endormir. Claire dort par intermittence, se lève une fois pour prendre des calmants.

Dans la journée, Jean-Baptiste l'accompagne pour la prise de sang et les radios. Dans les deux cas, les résultats seront envoyés à madame Bonnet qui les avertira. Ils ne rentrent pas tout de suite, se dirigent vers le parc à péniches, marchent un peu sur le chemin de halage, le long du canal, leur promenade favorite. Le ciel est clair. L'air est vif. Les mariniers vaquent à leurs occupations. Les oiseaux gazouillent. Les frênes bourgeonnent. Claire est fatiguée. Ils abrègent le parcours.

Le lendemain, appel du cabinet médical, fixant un rendez-vous dans la journée. La secrétaire indique que si cela est possible, la présence de monsieur Rivière est souhaitée. Cette simple demande est interprétée comme un mauvais signe.

Quelques heures plus tard, Claire et Jean-Baptiste sont assis en face de madame Bonnet qui sort les radiographies de Claire d'une grande enveloppe. Jean-Baptiste ne voit que des taches blanches et noires. Il craint le pire. Madame Bonnet regarde Claire, pousse un soupir et parle: «Madame Rivière, les radios montrent l'existence d'un problème au niveau du pancréas, une masse assez importante. L'analyse sanguine a détecté un certain nombre, un grand nombre, de cellules malignes.» Claire dit : «Cancer. Je m'en doutais depuis...» Sa voix se brise. Elle éclate en sanglots. Jean-Baptiste se lève, se penche vers elle, l'entoure de son bras. Il respire à fond, souffle doucement. Madame Bonnet reprend la parole : «En effet, c'est à un stade avancé, mais nous allons faire tout ce qui est en notre pouvoir.» Claire hoquette encore un peu, puis se calme. La doctoresse lui tend un mouchoir en papier. «Il faudra faire des examens approfondis pour évaluer l'importance de la tumeur, voir si la chirurgie est possible. Restez confiante. Vous allez choisir un établissement de soins et prendre rendez-vous avec une équipe de spécialistes.»

La sentence est tombée. Rien ne sera plus comme avant ce moment. Claire et Jean-Baptiste viennent de recevoir un coup de massue. Chez eux, ils consultent le *Dictionnaire de la médecine* et ce qu'ils y lisent à propos du cancer du pancréas est véritablement dramatique. La douleur mentale est immense. Malgré l'angoisse, Claire fait face, serre les dents. Jean-Baptiste insulte cette saloperie de cancer. Pendant plusieurs jours, il a quasiment en permanence les larmes aux yeux. Pour se réconforter, ils écoutent parfois un peu de musique, et puis, l'heure de l'hospitalisation, de la séparation finit par arriver.

Tout a changé, sauf leur amour. Mais les jours en sont peut-être comptés. Ils vont devoir les partager dans cet endroit au triste nom : « Polyclinique de l'Artois ». Jean-Baptiste s'active en remplissant des formulaires. Claire prépare sa valise. Et un jour d'avril, elle se présente aux entrées, pour l'hospitalisation dans le service d'oncologie de l'hôpital. Jean-Baptiste lui rendra visite tous les jours. Jusqu'au 23 octobre 2001.

Dès l'aube, dans la jungle des Poirier baignée par la rosée matinale, le défricheur est au travail. Chaussures de sécurité, jean non troué, veste de treillis à longues manches, gants et casquette, Jean-Baptiste manie alternativement sécateur, ciseaux à haie, cisaille à longs manches, scie d'élagueur, lourde serpe à ébrancher, fourche à dents courbes, bêche coupe-racines, faux. Aucun outil motorisé. Rien que l'énergie musculaire.

Il fauche les orties, les ronces, les graminées sauvages, les chardons, les prêles, les rejets des ormes. Il taille les troènes, les symphorines et les aubépines de la haie. Il décroche des arbustes les tapisseries de lierre, de bryone, de clématite, de gaillet gratteron. Il rafraîchit sérieusement le chèvrefeuille. Il coupe les branches basses des érables, des sapins, des ormes et des saules marsaults. Grimpé sur un escabeau, il élague à la scie les frênes et les bouleaux qui touchent les murs et fenêtres de l'habitation. Après quoi, il débite les branches tombées en tronçons de cinquante centimètres dont il fait un tas régulier. Il rassemble les herbes coupées et les petits rameaux en une pile bien tassée qui se compostera dans le temps sous la pluie et le soleil alternés.

Une bonne sueur coule sur son visage. Il respire à pleins poumons l'odeur mélangée de la terre humide et des végétaux écrasés. Heureux de constater le fonctionnement correct de ses muscles et articulations en dépit des années accumulées. Il se sent prêt, physiquement et intellectuellement, à ce nouveau mode de vie. Il en parle pendant la pause rafraîchissement avec Marie-Thérèse et Julien Poirier, dans leur salon enfin illuminé par le soleil de midi.

Une sorte d'allégresse le prend tandis qu'il roule vers la maison. Une pulsion de vie. Voilà qu'il se met à chanter à tue-tête au volant de la voiture. Des ballades de son enfance, des tubes des années soixante, et même dans une sorte de yaourt improvisé, une chanson des Sex Pistols !

À son retour, Alpha lui fait grande fête et réclame force caresses pendant qu'il sort les outils de la voiture et les range dans la remise-atelier. « Oui, mon chien, je vais m'occuper de toi. Promenade en vue tout à l'heure. Laisse-moi d'abord prendre une douche et m'asseoir un peu. »

Jean-Baptiste établit une liste de ce qu'il est capable de pratiquer dans le domaine du jardinage et du bricolage. Il s'imagine dans la peau d'un « homme à tout faire, homme toutes mains ». Il ne se voit pas donner des cours comme Claire le faisait parfois. Il n'a pas les diplômes requis. À l'époque où il aurait pu étudier, certains révolutionnaires appelaient à la destruction de l'université bourgeoise. Innocemment, il les avait approuvés. Ainsi, il n'était pas entré dans un cursus universitaire. Plus tard, il constata que ces contempteurs de la bourgeoisie avaient pour la plupart trouvé place dans les structures du pouvoir. C'est une autre histoire. Qui ne le concerne plus. Il lui suffit de savoir que le simple fait de cultiver son jardin est aujourd'hui un acte politique. Un signe d'appartenance à la communauté des vivants.

En l'occurrence, il a le projet d'utiliser une part de son temps libre pour travailler bénévolement chez des personnes plus âgées, seules, pauvres, éventuellement handicapées. Voici ce qu'il peut faire dans un jardin : bêcher, semer, planter, sarcler, tailler les haies, les arbres fruitiers ou les tomates. Voici ce qu'il peut faire dans la maison : peindre les murs ou les boiseries, poser du lambris, installer une fenêtre, déplacer des meubles, nettoyer les vitres, déboucher un siphon, effectuer des petites réparations de menuiserie ou de maçonnerie, à l'exclusion de tous travaux sur les toitures.

Plus tard, avant de sortir Alpha, Jean-Baptiste passe voir madame Leveau pour lui faire part de son idée et des conditions de sa mise en œuvre. Il sait qu'elle connaît tout le monde et qu'elle est au courant de beaucoup de choses dans le village. Elle accepte volontiers de servir de relais au cas où elle aurait connaissance d'une demande précise.

Après la Polyclinique où l'on a tenté de réduire la taille de la tumeur, puis d'endiguer la prolifération des métastases avec la chimiothérapie, Claire a été transférée dans une unité de soins palliatifs à la clinique Mahaut de Termonde. Jean-Baptiste continue de venir la voir tous les jours.

Ce matin, avant qu'il ne quitte la maison, le docteur Varlet qui dirige le service l'a appelé, car selon lui, la fin est maintenant proche.

Quand il entre dans la chambre, l'infirmière et les aides-soignantes viennent tout juste de terminer la toilette de Claire. Jean-Baptiste les salue et les remercie. Elles sortent en souriant, lui souhaitant une bonne journée et surtout, qu'il n'hésite pas à les appeler.

Il s'approche du lit, se penche sur le petit visage perdu au milieu des oreillers, sent une discrète odeur d'eau de Cologne. Les yeux de Claire sont fermés. Elle respire paisiblement. Jean-Baptiste approche une chaise, écarte légèrement la perche qui porte le goutte à goutte, s'assoit, se penche vers sa femme, saisit le bout de ses doigts, les soulève pour y déposer un baiser silencieux.

« Bonjour, mon amour. J'espère que tu as fait une bonne nuit avec des rêves agréables. Je vois que tu dors encore. Je pense que tu m'entends toujours et moi aussi, j'aimerais entendre le son de ta voix, t'écouter respirer comme maintenant et aussi parler. Depuis que tu es ici, nous avons beaucoup parlé, surtout au début. Je sais que la maladie continue à te ronger, à t'abîmer. Mais on a pris le temps de se dire que nous avons eu une belle vie ensemble. Tu es mon unique amour. Tu le sais. Je ne t'oublierai jamais. »

Tout en murmurant, Jean-Baptiste caresse les joues de Claire. Puis, il commence à moduler un air, bouche fermée, « À la claire fontaine, m'allant promener, j'ai trouvé l'eau si claire que je m'y suis baigné. Il y a longtemps que je t'aime… » Il continue, se prend même à chanter les paroles *mezzo voce*. Oh ! Les yeux de Claire se sont ouverts, tournés vers lui. Très ému, il se rapproche, plonge son regard dans le sien, en lui serrant les doigts. Il pose les lèvres sur sa bouche, respire son souffle, recule et la contemple. « Je t'aime. » On dirait qu'elle veut lui répondre, qu'elle essaie d'ouvrir la bouche, mais n'y parvient pas. Elle s'agite, remue dans le lit, comme si elle voulait se tourner. S'asseoir ? Elle n'en a plus la force et les liquides qu'on lui glisse dans les veines pour réduire sa douleur doivent également diminuer la vivacité de ses gestes. Elle tente sans doute de former un mot. Un mot qui pourrait apparaître sur ses lèvres. Mais finalement c'est le regard de Claire qui exprime ce qu'elle ressent. Jean-Baptiste est bouleversé. Il s'accroche aux yeux de son amour. Le bruit de la respiration se fait plus fort, plus intense. Presque un râle. La bouche de Claire s'ouvre, mais elle ne parle pas, ce sont ses poumons qui commandent. Jean-Baptiste l'entend aspirer très fort, puis c'est la sortie de l'air, presque silencieuse, et cela recommence. Il est maintenant suspendu à ses lèvres, attentif au rythme, au bruit, à la durée de chaque inspiration-expiration. Plusieurs fois, il croit que c'est fini, mais l'air entre et sort à nouveau.

Les pensées se bousculent dans la tête de Jean-Baptiste. Il s'arrête sur cette vision, Claire est la petite sirène d'Andersen qu'on a arrachée à la mer. Allongée sur la plage, elle suffoque. Il faudrait la remettre à l'eau. Soudain, le râle s'achève par un cri bref, le regard de Claire se voile, un dernier souffle et tout s'arrête.

Jean-Baptiste embrasse tendrement la peau douce de Claire, se redresse, et très respectueusement, lui ferme les yeux.

Dicentra spectabilis, cœur de Marie ou cœur-de-Jeannette ou cœur-saignant, tu m'en fais un bouquet de printemps. Une fleur rose pendentif sur ma poitrine. Sur mon corps délabré. Je ne sais si c'est l'imagination ou un mirage, illusion de cinéma quand je sens les vibrations de ton pas sur la terre, sur le chemin, la Via Francigena, celle qui relie Canterbury à Rome. Vita nova.
Ne m'attends pas. Mes joues et mes lèvres sont sèches. Mes reins et mon foie clapotent dans un liquide sombre et visqueux. Ma peau et ma robe sont trouées. Mes chemisiers et mes poumons sont déchirés. Mes collants et mes intestins ont filé. Mes chaussures sont usées. J'ai monté et descendu trop de marches. Mon crâne est nu. Je suis nue.
La lumière me traverse comme une tarlatane.
Je file dans un semis d'étoiles. J'abandonne.
Je t'abandonne. La vitesse me consume.
Ne m'attends pas. Avance sous les arbres, dans le souffle du vent. Traverse les rivières et les monts. Creuse le temps. Parole de Claire à Jean-Baptiste. Vis, aime, parle, chante, respire. Je serai là dans la plaine immense comme une graine de pissenlit, un petit parachute tremblotant au bord de tes narines, comme une molécule d'oxygène à l'entrée de ta bouche, comme un rayon d'énergie à travers les années-lumière

Les feuilles de l'érable tombent sur le sol et dans la rivière où le courant les emporte. Jean-Baptiste récolte les dernières courgettes. Une voix l'appelle. Il se redresse et aperçoit la tête de madame Leveau qui s'encadre dans le trou de la haie qu'il a finalement renoncé à obturer, et même, agrandi par quelques coups de sécateur. Un nouveau canal de communication. « Bonjour, Jean-Baptiste, ça va bien ? » En quelque temps, une familiarité de bon aloi s'est installée entre voisins. D'ailleurs, Alpha n'aboie plus quand il les voit ou les entend.

« Oui, bonjour Léontine, tout va bien ! Vous avez des nouvelles ?

– Exactement. Une connaissance de ma belle-sœur aimerait bien avoir un coup de main pour son jardin. C'est une vieille femme qui vit seule. On lui a donné votre numéro. Elle va vous appeler.

– C'est parfait. Merci beaucoup. Bonne journée et saluez Jérôme de ma part.

– Ce sera fait. Quand il reviendra de la pêche. »

Avec la bêche, Jean-Baptiste creuse dans la partie boisée du jardin, celle qui borde la rivière et où Alpha peut s'ébattre en toute liberté. Au fond du trou, il dépose quelques pelletées de terreau. Il a une pensée fugitive pour son père, lointain souvenir du pommier qu'il l'avait vu planter.

Il amène à proximité le conteneur acheté en Belgique. Dans son esprit, ce ginkgo sera l'arbre de Claire, son arbre de la liberté. C'est un signe d'éternité. Il a même résisté à la bombe atomique lancée sur Hiroshima. Après avoir abondamment détrempé la terre du pot avec un arrosoir d'eau, il soulève l'ensemble du plant, tronc et motte, et le dépose dans le trou, au-dessus du terreau. Du pied, il fait tomber la terre autour du bloc de racines et cale à la verticale le jeune arbuste. Après quoi, il tasse légèrement le sol en formant une cuvette, puis y déverse deux arrosoirs puisés dans la rivière. Il étale le surplus de terre dans l'herbe et reste un long moment en méditation devant le Ginkgo de Claire. Immobile, assis sur son train arrière, Alpha le regarde tandis qu'un pinson des arbres s'égosille en trilles et roulades.

En ce jour du souvenir, Jean-Baptiste accomplit un second geste en se rendant au cimetière de Béthune. La tombe de Claire se trouve sur une rangée extérieure à l'ombre d'un tilleul dont les feuilles commencent à joncher le marbre mortuaire et le gravier des allées. Muni d'une bouteille d'eau, Jean-Baptiste dépose et arrange son bouquet de dahlias blancs du jardin dans le lourd vase noir marqué C. R. Ici, c'est un rouge-gorge qui improvise en mode *free* un long solo de notes rapides et cristallines.

Assis sur le bord du tombeau, Jean-Baptiste s'adresse en silence à Claire :

Finalement, entre ton départ de la maison, ton passage à la Polyclinique de l'Artois, puis à la clinique Mahaut de

Termonde, terre monde, terre monde cosmos, et ton arrivée ici sous cet arbre, sous ce marbre, tu n'as pas quitté Béthune.

Et ton âme ? Où se cache-t-elle ? Est-elle malade parce qu'elle a mangé trop de salade, comme disent les enfants, sans connaître Jean Tardieu ? Ce sont eux qui nous ont le plus manqué dans nos trente-trois années de joie de vivre.

Depuis que tu es en voyage dans les galaxies, dans les méandres du temps, j'ai essayé de tout revoir au long des jours, parfois au long des nuits. J'étais encore avec toi, parfois en toi, ta main dans la mienne, ton souffle dans mon oreille, ton parfum dans mes narines, mes neurones, à l'écart du siècle, à l'écart du reste du monde. Est-ce ainsi que les hommes vivent ?

J'épuisais mes souvenirs. Voyageant avec toi de l'Ardèche à la Dordogne, de la Belgique à l'Italie, du reggae des Caraïbes au jazz de New York. Pouvais-je être déprimé avec un tel stock en mémoire ? Et pourtant, je commençais à tourner en rond. J'ai fini par accumuler des images supplémentaires dans une autre maison, en créant un jardin, en jouant, avec Alpha. Quel bon chien ! Ce matin, il était avec moi quand j'ai planté cet arbre qui porte ton nom, qui va grandir très lentement et qui vivra peut-être des centaines ou – pourquoi pas ? – des milliers d'années. Du moins, il me survivra.

En attendant d'être aussi usé que le pauvre Benoît, je me suis mis en marche à ma façon, avec modération. Je suis un Travailleur d'Utilité Collective, un Contractuel Plein d'Empathie, un Moine Ouvrier d'Intimité, un Bénévole Terrien de Proximité, bref un homme à tout faire. Tout cela sans me retirer de l'amour. J'ai commencé avec mes voisins, le couple Leveau, avec les Poirier que tu as connus. D'autres me découvriront un jour ou l'autre.

Je reviendrai t'en parler ici-même.

Je t'aime.

De retour du cimetière, Jean-Baptiste va s'asseoir un moment sur le banc au bord de la rivière. Alpha pousse la tête sous son bras pour obtenir une caresse. Les feuilles continuent à tomber mais le temps reste doux. Un air d'été indien. Il se sent en paix avec le monde. Ne s'est pas retiré du siècle. A juste fait un pas de côté. Danse avec l'eau, avec la terre. Danse en l'air. Danse du soleil. Il se lève. Alpha le précède dans la maison.

Machinalement, il ouvre l'ordinateur et se connecte sur twitter.

Rivière JB @R_JB_07: *Pour une fois, et même une dernière fois, je vais faire preuve de pédanterie.*

Hegel dit que «Le faux est un moment du vrai» à quoi Guy Debord répond que «Le vrai est un moment du faux».

Qu'en pensez-vous, Maître YoDarkDada? cc @hijack.nada

D4rkD4d4 @hijack.nada : *Ola c'est Gibet que vla.*
super stylé le gars.

que du beau monde
quel spectacle
Hegel et Debord la big battle.
je pense nada rien de rien.
existe pas

Sonnerie du téléphone. Interruption. Il décroche :

« Allô, Jean-Baptiste Rivière à l'appareil.

– …

– Oui, bonjour madame. Oui, madame Leveau m'a prévenu. Que puis-je faire pour vous ?

– …

– Pas de problème. Je m'en charge. J'ai le matériel nécessaire, une bonne bêche en acier forgé, la fourche, la houe et même une brouette si besoin est. Vous pouvez me donner l'adresse précise. J'ai un papier et un crayon. Je note. Allez-y !

– …

– Merci beaucoup. Alors, à demain. Je vous souhaite une bonne fin de journée. »

Un large sourire éclaire le visage de Jean-Baptiste. Il regarde Alpha : « Ton maître vient de devenir laboureur à domicile, un nouveau métier ! » Revenu devant l'écran, la bonne humeur ne le quitte pas. Il jongle avec les touches du clavier, se déconnecte du compte à son nom et ouvre les paramètres du compte D4rkD4d4.

Il clique sur « Désactiver », la machine lui demande de confirmer le mot de passe. Il tape « h i j a c k n a d a » puis clique une seconde fois sur « Désactiver ». Et voilà. Une destruction pas très « stylée », mais efficace. Ce vrai-faux partenaire de réseau s'est dissipé dans le monde électronique. Disparu des écrans. Crime parfait. Il ne reste comme témoignage que le fichier dans lequel sont archivés les échanges simulés.

Jean-Baptiste n'a jamais été assez désespéré pour être dupe de sa créature. La comédie est finie. Retour au réel.

Debout de bonne heure, blaireau à la main, Jean-Baptiste se barbouille de mousse onctueuse, un blanc virginal. Le passage du rasoir fait apparaître des joues hâlées, un peu creusées, certes, mais encore souples et presque sans rides. Sur la peau rincée et sèche, sans être sûr de l'efficacité du geste, il aime passer lentement la pierre d'alun, cadeau de Claire lors d'un séjour à Lisbonne. Dans le miroir, son regard est noir, résolu, mais aisément rieur.

Après avoir nourri Alpha, il prend son petit déjeuner dans la cuisine silencieuse, pain beurré, café noir, une poignée de noix et une pomme. Il a perdu l'habitude d'écouter la radio dans la matinée. Les vraies nouvelles sont rares et finissent toujours par lui parvenir d'une façon ou d'une autre.

À l'aube, en tenue de travail, il sort, lève la tête vers le ciel. Ses yeux, ses oreilles et sa peau le renseignent sur le temps qu'il va faire. Il prépare son matériel, fait ses recommandations au gardien Alpha et se met en route.

Poussant la brouette, il traverse le village encore endormi. Il croise un gros matou qui a dû vivre une intéressante équipée nocturne. En passant devant la ferme, le bruit de la roue sur les graviers déclenche une série d'aboiements furieux qui s'estompent rapidement. Un merle sautille sous une haie vive. L'électricité vibre lorsqu'il passe sous la ligne à haute tension. Quand il arrive devant la maison de la vieille dame, ses muscles sont déjà bien échauffés. Il a hâte de se mettre au travail.

Du même auteur (ouvrages disponibles)

Éditions Cours toujours

Angèle ou le Syndrome de la wassingue, roman, 2017

Éditions du Dernier Télégramme

Arithmomania, 2021

Les Vers de la Terre (journaux 2007-2017), 2018

Petite Ourse de la Pauvreté, 2012

Les Versets de la bière (journal 1986-2006), 2010, rééd. 2016

Patismit, 2008, rééd. 2019

Nous ne sommes pas morts (avec Hélène Leflaive), 2008

Transport visage découvert, 2006

Éditions de La Table Ronde

Ni bruit ni fureur (Prix Nunc de poésie française), 2017

Je suis debout, 2014

Blanche étincelle, roman, 2012

Livre des esquisses de Jack Kerouac (traduction), 2010

La Patience de Mauricette, roman, 2009, Folio Gallimard, 2011

Mort d'un jardinier, roman, 2008, Folio Gallimard, 2010

Éditions Pierre Mainard

Ourson les neiges d'antan ? (avec William Brown), 2019

Un trou dans le monde, 2006

Têtes de porcs, moues de veaux (avec Patrick Roy),
1999, rééd. 2009

Éditions Publie.net - Livres numériques

Théorie des orages, 2011

Coupe carotte, 2008

La Poussière (avec Josiane Suel), 2008

Éditions de La Contre allée

Le Lapin mystique, roman, 2014

D'azur et d'acier, 2010

Éditions Qazaq - Livres numériques

Sombre Ducasse, 2015

Express, 2015

Éditions du Téètras Magic

À la recherche du taon perdu, dessins, 2016

Les Aventures de la limace à tête de chat, dessins, 2014

Chez d'autres éditeurs

La Justification de l'abbé Lemire,
Éditions Faï fioc, 2020

D'ù qui sont chés viaux ? / Où sont les veaux ?,
Librairie du Labyrinthe, 2019

Sur ma route, Éditions Henry, 2018

Poèmes à dessiner et à colorier,
Centre de Créations pour l'Enfance, 2015

Flacons, flasques, fioles…,
Éditions Louise-Bottu, 2013

L'Avis des veaux (avec Audrey Dewet),
Éditions L'âne qui butine, 2013

La Retraite de l'aumônier,
Éditions Invenit, 2011

Journal du Blosne, Éditions Apogée, 2010

Poèmes express, Redfoxpress, 2007

Canal Mémoire,
Éditions du Marais du Livre, 2004

Rivière est composé en Lexia sur du papier Munken 80 g.
Le titre de couverture est composé en Magnolia Sky.

Le graphisme est signé Virginie Lafon.

L'illustration de couverture est une aquarelle de Dominique Brisson.

Région
Hauts-de-France

La Région Hauts-de-France
soutient l'édition indépendante

Achevé d'imprimer : Espace grafic, mars 2022
Dépôt légal : mars 2022
ISBN : 979-10-91750-06-6